O navio fantasma

DeLeitura

Roteiros DeLeitura

Para escolas e educadores, a editora oferece um roteiro de atividades especialmente criado para cada obra – que pode ser obtido em versão completa, no site www.aquariana.com.br, ou solicitado em versão impressa resumida, para
Editora Aquariana, Ltda.
Rua Lacedemônia, 87
04634-020 São Paulo / SP
Tel.: (11)5031.1500 / Fax: (11)5031.3462

Coleção CONTOS MÁGICOS

O navio fantasma

e outros contos vikings

Seleção e adaptação
FERNANDO ALVES

1ª edição
São Paulo/2009

EDITORA AQUARIANA

Copyright © 2009 Editora Aquariana Ltda.
Título original: O navio fantasma

Tradução: Esther Higueras Simó
Coordenação editorial: Sonia Salerno Forjaz
Projeto gráfico, diagramação e revisão: Antonieta Canelas
Editoração eletrônica: Ediart
Capa | Ilustração: Caleb Souza
Arte-final: Niky Venâncio

DeLeitura é um selo da Editora Aquariana Ltda.

Série Coleção CONTOS MÁGICOS

**CIP – Brasil – Catalogação na Fonte
Sindicato Nacional dos Editores de Livros, RJ**

N243

O navio fantasma e outros contos vikings / [seleção, tradução e adaptação Fernando Alves ; coordenação editorial Sonia Salerno Forjaz]. - 2.ed. - São Paulo : Aquariana, 2009.
128p. - (Contos mágicos)

ISBN: 978-85-7217-121-2

1. Vikings - Ficção. 2. Antologias (Conto escandinavo). I. Alves, Fernando. II. Forjaz, Sonia Salerno. III. Série.

08-5315. CDD: 839.53008
CDU: 821.113-3(082)

13.02.09   17.02.09   011047

IMPRESSÃO E ACABAMENTO
Bartira Gráfica e Editora S/A

Direitos reservados:
EDITORA AQUARIANA LTDA.
Rua Lacedemônia, 87 – Vila Alexandria
04634-020 São Paulo - SP
Tel.: (0xx11) 5031.1500 / Fax: 5031.3462
editora@aquariana.com.br
www.aquariana.com.br

Sumário

Prefácio, 9

O navio fantasma, 13

Os dedos do trol, 17

Noite de Natal, 21

O "gato" de Dovrefjell, 25

Gest Palsson e o fantasma, 29

Mori, o fantasma de Solheim, 33

Gilitrutt, 37

Anne Rykhus, 43

A velha noiva, 47

O menino roubado, 49

A "Pedra da Bruxa", 53

O diarista, 57

O homem que casou com uma "Mara", 63

A coroa nupcial, 65

O pequeno gênio na garrafa, 67

O "Touro de Thorgeir", 71

A esposa do magistrado de Burstarfell, 75

O fantasma e o cofre, 81

O criado e os habitantes do lago, 87

A cavalgada da bruxa, 93

Os magos das Ilhas Westman, 99

Os encantamentos em Stokkseyri, 107

Pai de dezoito no país dos elfos, 113

O tritão sábio, 117

A viúva de Alftaness, 123

Prefácio

Um esclarecimento se faz necessário logo no início desta apresentação dos Contos Mágicos Vikings: é que, quando se fala em *viking*, está-se implicitamente falando em *escandinavo*, dada a influência enorme que este povo que habitava o setentrião da Europa exerceu (e exerce até hoje) sobre suas populações. As tradições ditas vikings e as escandinavas, portanto, confundem-se.

Os vikings viveram, até o século X aproximadamente, na Noruega, Suécia e Dinamarca, como marinheiros e como camponeses. Posteriormente, estenderam seus domínios à Islândia e chegaram à América!

Parte expressiva (senão a totalidade) dos contos recolhidos nesta obra são fruto desse caldeirão atemporal e geograficamente disperso.

Estão neles retratados os imaginários de personagens vikings e de outros que herdaram, assim, as suas tradições, sobretudo dos primeiros tempos do cristianismo nas terras do norte, no espaço que hoje chamamos de Dinamarca, Islândia, Noruega e Suécia...

Esses personagens incluem *fantasmas*, muito destacados na tradição popular das regiões mencionadas, *fadas*, tidas como perturbadoras dos lares – não tendo nada a ver, portanto, com a imagem tradicional de "boazinhas" que costumeiramente a elas associamos –, *criaturas das águas*, as quais assumem vasta gama de denominações e se caracterizam principalmente por sua vida solitária nos cursos d'água, *elfos*, criaturas imprevisíveis – ora cruéis, ora bondosos –, *trols*, invariavelmente maus e com o fito de destruir os seres humanos, *bruxas* e *magos*, com seus livros e objetos mágicos...

As reticências se avolumam neste texto de apresentação, é verdade, mas têm sua razão de ser: é difícil não ter o pensamento suspenso e as emoções maximizadas quando lemos esses contos!

Os mais jovens hão de seguir o enredo que se inicia muito frequentemente pela fórmula narrativa tradicional, "era uma vez...", em uma viagem por um universo cultural pouco conhecido no Brasil. Os adultos, por sua vez, poderão questionar a globalidade dos elementos desses mesmos contos, talvez, como nós, suspeitando de um elo entre o "pequeno gênio na garrafa" (no conto homônimo) (p. 67) e o nosso Saci-Pererê.

Outro elemento presente em algumas narrativas, o sonho, vem acentuar o que expressamos no parágrafo anterior, ou seja, transportar os leitores a uma dimensão distinta da sua. Inevitavelmente, isso confere uma tonalidade mágica à trama que se desenrola e que, paradoxalmente, nos prende.

Os contos que trazem como enredo atividades de bruxas chamaram de forma particular nossa atenção, uma vez que não é difícil perceber o quanto suas ações são, na realidade, reações aos temores das pessoas comuns. À época em que se formaram, essas histórias de bruxas explicavam satisfatoriamente o desaparecimento de animais de uma fazenda, por exemplo.

Igualmente dignos de nota são os textos pertinentes aos fantasmas e aos mortos. Na maior parte das línguas escandinavas, há várias palavras correspondentes a *fantasma*, o que indica claramente a importância conferida pelos povos falantes dessas línguas a essa entidade. Como exemplo, mencionemos o fato de a língua esquimó ter inúmeras palavras correspondentes a "branco" e de que o tupi possui mais de vinte (!) palavras correspondentes a verde. Isso dá a dimensão do fato linguístico concernente à palavra *fantasma*, em questão.

Quando levamos as observações mencionadas em consideração, concluímos que, seguramente, não é à toa que dessa região vieram contadores de histórias da estirpe de Hans Christian Andersen. Há ecos desses seres aquáticos mágicos em *A pequena sereia*, e desse universo branco em *A rainha da neve*...

Finalizando, temos neste volume um convite para caminhar no tênue limite que separa o fantástico do real, uma linha gelada mas cujo frio não nos afeta, posto estarmos internamente aquecidos pelo calor de nossa imaginação.

Boa leitura!

Fernando Alves*

---

* Formado em Letras Clássicas e Vernáculas pela USP, tradutor e autor de obras de poesia e contos e do "Dicionário de expressões estrangeiras correntes na língua portuguesa".

O navio fantasma

– ISLÂNDIA –

Há muito, muito tempo, um barco pesqueiro naufragou perto de Eyjafjöll com catorze homens a bordo. Três membros da tripulação conseguiram subir na quilha e pedir ajuda, já que estavam perto da praia, onde uma multidão se havia reunido. O navio tinha virado muito perto do embarcadouro, e ainda que a ajuda das pessoas pudesse parecer fácil, as enormes ondas que quebravam tornaram o salvamento impossível. No entanto, quando todos já tinham se afogado, o barco endireitou e dirigiu-se ao embarcadouro como se um timoneiro misterioso o dirigisse com grande habilidade. Ninguém tocou nele e, ali na praia, permaneceu encalhado até o inverno seguinte, quando o gelo conduziu-o à caverna de Steinahellir. Nenhum homem quis levá-lo ao mar novamente, pois aquele barco aterrorizava a todos.

Enquanto o navio era arrastado sobre o gelo até chegar à gruta, alguns pastores de uma fazenda próxima chamada Steinar, dos altos pastos onde estavam com as ovelhas, viram, com grande pavor, a tripulação morta caminhando atrás do barco à medida que este se movia. O navio acabou parando num profundo buraco mais além da gruta.

Pouco tempo depois, um camponês do distrito de Rangarvellir passou por ali a cavalo. Viajava em direção ao leste, sob os páramos. Era meados do inverno, quando os dias são mais escuros. Esse homem chamado Thorkel, que morava em Raudnesfsstadir, cavalgou perto da gruta que ficava na beira do caminho. Um pequeno riacho fluía do lado oeste da gruta e, justamente quando Thorkel tinha ladeado essa corrente, encontrou um desconhecido.

O homem disse: *"Ajuda-nos a desembarcar, camarada"*.

Thorkel de nada desconfiou, já que o navio não podia ser visto de onde ele estava, de maneira que concordou com o que lhe pediam.

O homem não disse mais nada, apenas fez um sinal para que Thorkel o seguisse. Thorkel cavalgou atrás dele, mas pareceu-lhe muito estranho que seu cavalo começasse a relinchar e não quisesse seguir adiante.

Continuaram até o buraco onde estava o barco e Thorkel viu treze homens em pé junto a ele. Todos sujos de barro.

Foi nesse instante, que se lembrou do naufrágio do outono anterior e reconheceu alguns dos que se tinham afogado. Aterrorizado, fincou as esporas em seu cavalo e enquanto saía do buraco, ouviu a seguinte conversa:

Inútil jaz nosso barco vazio.
Profunda é a vermelha escuridão sem fim.
Bem fez o sujeito atiçando seu cavalo
*   em disparada.*
Poucos são amigos dos mortos.
Poucos são amigos dos mortos.

Thorkel recordaria esses versos. Cavalgou o mais rápido que pôde e chegou a Steinar na mesma noite. Depois daquilo, o camponês nunca mais voltou a cavalgar sozinho por aquele caminho e somente tornou a percorrê-lo de dia.

O barco foi finalmente despedaçado e virou lenha para aquecer as casas. Mas até que isso acontecesse, ouviam-se com muita frequência pauladas e outros ruídos vindos do navio, especialmente depois que caía a noite.

Os dedos do trol

– ISLÂNDIA –

Thorvald, o filho de Björn Skafin, vivia em Njardvik depois da morte do pai e cuidava do seu lar com grande esmero, pois todas as coisas que possuía eram muito valiosas, principalmente um esplêndido barco de pesca.

Comenta-se que um dia partiu em direção a um banco de pesca chamado "Caldeira Profunda". Logo após sua chegada, formou-se um nevoeiro tão denso que não se podia ver nada. A duras penas avistava-se, no máximo, uma braça além da proa do barco em que Thorvald estava. Como se isso fosse pouco, levantaram-se fortes ondas, de maneira que não foi possível permanecer por muito tempo no banco de pesca. Thorvald ordenou à tripulação que remasse contra as ondas, mas foi em vão. Por mais que se esforçassem, o barco era levado em direção contrária, como se fosse puxado por uma forte correnteza. Essa situação continuou por longo tempo até que avistaram terra firme. Foi quando perceberam que o barco dirigia-se a uma gruta localizada ao norte de Njardvik, chamada "Gruta de Kogur", que, por sua vez, encontra-se dentro de uma outra gruta enorme denominada "Gruta de Kogur-Grim". O barco entrou dentro dela, levado por uma poderosa correnteza de águas turbulentas.

Assim que Thorval viu aonde se dirigia o barco, apressou a tripulação a munir-se de ganchos de ferro e pedaços de paus que tinham a bordo, a fim de tentar sair da gruta na primeira oportunidade. Ele mesmo pegou um grande machado e aproximou-se da proa. O barco penetrou na gruta e no mesmo instante em que a quilha raspava o fundo, uma gigantesca mão agarrou-o. Porém Thorvald, que permanecia muito atento, cortou os dedos da monstruosa mão com seu machado e estes caíram dentro da embarcação. A tripulação estava preparada e, obedecendo a uma ordem do seu comandante, empurrou o barco até a saída da gruta. Nesse exato momento, uma enorme pedra vinda do seu interior caiu perto deles. Felizmente não causou danos à embarcação, mas provocou enormes ondas. Apesar disso, Thorvald e seus homens conseguiram sair daquele lugar e chegar a Skalanes, onde puderam descansar.

Depois, remaram em direção aos bancos de pesca e fizeram uma excelente pescaria. Thorvald guardou os dedos do trol para mostrá-los às pessoas e todos concordaram que eram enormes e terríveis.

Noite de Natal

– ISLÂNDIA –

Contaram-me que em uma certa fazenda, uma mulher teve de ficar sozinha na noite de Natal, e quando as outras pessoas voltaram na manhã seguinte, ela tinha perdido o juízo. Naquela época, era costume celebrar a missa da noite de Natal com a participação de todos, jovens ou velhos, com exceção de uma mulher, que devia permanecer em casa para cuidar de tudo. O costume manteve-se na fazenda por vários natais e poucas eram as pessoas que queriam renunciar às festividades para ficar em casa, ainda que, de fato, alguém precisasse fazê-lo.

Naquele ano, morava uma empregada na fazenda que tinha sido contratada durante a primavera, e foi ela que ficou para cuidar da casa. Logo soube o que tinha acontecido às suas predecessoras.

Quando todos já haviam partido em direção à igreja, acendeu várias luzes e colocou-as em diferentes lugares, seguindo o comprimento e a largura da fazenda. A seguir, sentou-se em sua cama e abriu um livro de salmos. Era uma garota muito virtuosa e religiosa. Após algum tempo de leitura, apareceu uma multidão de homens, mulheres e crianças, que entraram dançando pela propriedade. Pediram à jovem que se unisse ao grupo e dançasse com eles, mas ela permaneceu em silêncio e, sem dizer uma só palavra, continuou a ler. Voltaram e novamente lhe pediram que fosse com eles, dizendo que lhe dariam isso ou aquilo se ela se juntasse a eles. Porém a moça não respondeu e permaneceu como antes. Essa situação repetiu-se durante toda a noite, em vão. A garota continuou tranquila, sem se mexer, mesmo com ofertas de lindos presentes. Com o despertar do dia, todos se foram apressadamente e em silêncio, e logo em seguida voltaram as pessoas da fazenda, pensando que a garota estivesse enfeitiçada e completamente louca, como havia ocorrido com as anteriores. Porém, para sua surpresa, encontraram-na exatamente como a tinham deixado na noite anterior. Perguntaram-lhe se lhe havia acontecido algo e ela lhes contou o ocorrido. Disse-lhes que logo percebeu que se aceitasse dançar com eles, iria acontecer-lhe o mesmo que às outras moças que tinham ficado cuidando da fazenda na noite de

Natal. Depois disso, decidiu-se que ela ficaria sempre na casa nas vésperas do Natal. E assim foi enquanto ali trabalhou, repetindo-se sempre os mesmos fatos.

O "gato" de Dovrefjell

– NORUEGA –

Era uma vez um homem que vivia na região de Finnmark – Noruega – e que capturou um grande urso branco para levar ao rei da Dinamarca. Ele chegou a Dovrefjell na véspera do Natal e foi logo entrando na cabana de um homem chamado Halvor para perguntar se podia hospedar-se ali com o seu urso.

"Que o céu nunca me ajude se eu não estiver dizendo a verdade", disse o homem, explicando que não podia dar-lhes abrigo porque sempre às vésperas do Natal uma multidão de trols[1] chegava à sua morada e ele via-se obrigado a hos-

---

[1] Seres maléficos que desejam destruir os humanos.

pedá-los. Não dispunha de mais nenhuma casa ou cabana.

"Oh!", disse o visitante, "se o problema é só esse podes ceder-me tua casa. Meu urso se deitará sob a estufa e eu dormirei no quarto ao lado!"

E tanto insistiu que finalmente recebeu permissão para ficar. Os habitantes da casa saíram, mas antes deixaram tudo preparado para os trols. Puseram as mesas com cozido de arroz, peixe fervido, salsichas e todo tipo de comidas saborosas, como se costuma fazer nas grandes comemorações.

Assim, quando tudo estava preparado, desceram os trols. Alguns eram grandes e outros pequenos. Alguns com rabos compridos e outros sem nenhum. Todos comeram e beberam, provando tudo o que lhes fora oferecido. Justamente no momento de maior alegria, um pequeno trol viu o urso branco que dormia debaixo da estufa. Então pegou um pedaço de salsicha, espetou-o com um garfo e colocou-o na frente do nariz do urso, gritando: "*Pequeno, pequeno, queres um pouco de salsicha?*"

O gigantesco urso branco espreguiçou-se, grunhiu e perseguiu-os até que todos os trols, grandes e pequenos, saíram espavoridos da cabana.

No ano seguinte, Halvor cortava lenha fora da cabana na tarde que antecedia a noite de Natal, pensando que naquela noite viriam os trols, quando escutou uma voz que vinha do bosque e o chamava: *"Halvor, Halvor!"* "Sim," disse Halvor, "estou aqui". *"Ainda te acompanha aquele 'gato' grande?"* "Sim", exclamou Halvor, "está deitado em casa debaixo da estufa, e agora, com sete gatinhos, maiores e mais ferozes que ele mesmo". *"Oh, bem, nesse caso não voltaremos a te visitar mais"*. Naquele momento ouviu-se um grunhido de trol vindo do bosque. E eles cumpriram a sua palavra, já que não voltaram a comer na casa de Halvor Dovrefjell na época de Natal.

Gest Palsson e o fantasma

– ISLÂNDIA –

No fim do inverno, dois homens perderam-se quando estavam a caminho do páramo de Bæjardal. Chamavam-se Haflidi e Gudfinn e vinham de Strandarsysla e Geiradal, respetivamente. Estavam chegando à parte sul do páramo quando foram surpreendidos por uma terrível nevasca.

Como muitas vezes acontece nesses casos, ambos discutiram sobre a direção que deveriam seguir a fim de chegar a um lugar habitado onde pudessem pedir refúgio. Após muita discussão, cada um partiu na direção que melhor lhe pareceu.

Na tarde seguinte, Gudfinn foi encontrado por um pastor, engatinhando não muito longe da fazenda de Myrartunga. Chamaram um médico para tratar dele, enquanto os homens saíam com um trenó em busca de Haflidi. Encontraram-no sob uma pedra, junto ao cume de Bæjardal, morto por congelamento. Seu corpo foi levado a Gillastadir, a fazenda mais próxima, ao norte de Myrartunga.

Enquanto isso, Gudfinn recuperava-se lentamente num pequeno quarto na fazenda de Myratunga, acompanhado dia e noite, já que seus pés e mãos estavam em mau estado devido ao congelamento.

No início, as moças da fazenda ficaram para cuidar dele durante a noite, mas aquilo não lhes agradava nada, pois ouviam barulhos como coisas que raspavam umas nas outras ou como coisas congeladas que se quebravam. Tais sons ouviam-se na porta da frente da casa. Como as mulheres estavam aterrorizadas, foram substituídas por homens que continuaram a cuidar do doente durante a noite. Mas também eles começaram a reclamar, dizendo que o lugar estava terrivelmente encantado, e recusaram-se a continuar a fazer companhia ao doente.

Naquela noite, discutiu-se muito na *badstofa* e ninguém queria ficar com o doente. Finalmente, para grande alívio de todos, um homem chamado Gest ofereceu-se para fazer companhia a Gudfinn.

Foi Gest quem relatou a história com suas próprias palavras, como segue:

"De noite, depois de fazer as orações, as pessoas trocaram-se e foram para a cama. Eu desejei boa noite a todos e peguei uma lamparina. Tenho certeza de que nenhum homem que fosse à guerra teria sido acompanhado por melhores e mais cordiais desejos como eu fui quando comecei a descer as escadas em direção àquele quarto enfeitiçado.

Sentei-me numa cadeira em frente à cama do doente. Havia uma mesa à minha esquerda. Colocando a lamparina sobre ela, comecei a ler, já que o paciente estava dormindo. Além disso, eu tinha fechado a porta atrás de mim.

Repentinamente, Gudfinn sentou-se na cama, olhou para a porta e disse: 'Vai embora, Haflidi! Quando deixarás de me atormentar?' Enquanto falava, escutei um pavoroso barulho na parede às minhas costas e, logo depois, um tremendo alvoroço fora da casa, ainda que eu não tivesse notado a porta abrindo.

Saí correndo do quarto, abri bruscamente a porta principal da casa e fui para fora, no momento em que caía uma forte tempestade de neve, para ver se havia alguém e, junto à parede da casa, vi um homem totalmente coberto de gelo e neve.

Eu vira Haflidi uma vez e acreditei reconhecê-lo. Chamei-o: 'Quem és tu?' Mas a aparição esvaneceu-se na neve imediatamente.

Voltei velozmente para a casa, fechei a porta

atrás de mim e acordei as pessoas para contar-lhes o que tinha visto. Ao amanhecer do dia seguinte, Gudfinn morreu."

Mori,
o fantasma de Solheim

– ISLÂNDIA –

Há muito, muito tempo, vivia em Enni, comarca de Skidunes, um lavrador chamado Finn. Sua esposa chamava-se Gudrum e sua filha adotiva, Elizabet. Tinha um empregado na fazenda de nome Hall, o qual tinha posto seu coração e sua alma em Elizabet e queria desposá-la, com consentimento dos pais dela, porém a moça opunha-se aos desejos de seus pais adotivos. Hall foi embora para Jokül, a oeste da Islândia, durante aquele inverno, mas antes de partir pediu a mão de Elizabet. Foi recusado e, por isso, foi embora de muito mau humor.

Na primeira semana de janeiro, Elizabet foi à igreja em Eyrar, como costumava fazer. Há noite, depois de voltar para casa, sentou-se no seu lugar habitual à mesa. Pegou um prato e, quando ia começar a comer, lançou o prato pelos ares, gritando que um espectro avermelhado escuro a estava atacando. Pouco depois caiu no chão em meio a um ataque de epilepsia, morrendo logo após.

Desde esse amargo instante, a fazenda de Enni permaneceu sob um terrível encantamento. As pessoas da comarca começaram a não se sentir bem em seus sonhos, e a temer a escuridão... O lavrador, um homem valente, tentou enfrentar a situação a fim de manter seu lar, mas foi em vão. O irmão de sua mulher, chamado Gudmund, morava com eles e era quem mais frequentemente sofria os ataques do fantasma. Este aparecia-lhe como um vagabundo maltrapilho, de aspecto forte, pernas curtas, com uma jaqueta marrom e um capuz de pele de cordeiro cuja extremidade caía descuidadamente. Outras pessoas viram o fantasma com a mesma aparência e passaram a chamá-lo Mori, "O avermelhado".

Gudmun achou insuportável permanecer em Enni por mais tempo naquele inverno. Decidiu, pois, partir para o oeste, onde visitou um homem sábio. Por ele, soube que alguns homens tinham-se afogado durante um naufrágio de um barco em Rif, logo depois do Ano Novo, e que um deles chamava-se Fridrek. Hall, possivelmente, tinha conseguido que alguém enviasse esse Fridrek, que estava entre os mortos, contra Elizabet e sua família, por isso aparecera Mori.

Algum tempo depois, Finn e sua esposa Gudrum mudaram-se para Solheim, na comarca de Laxardal, e desde esse momento o fantasma que os atormentava foi chamado de Mori de Solheim. Ele passou a ser considerado culpado por qualquer dano sofrido por pessoas relacionadas a Finn, tirando a tranquilidade e o sossego de muita gente, pelo menos é o que se conta...

O próprio Gudmund, já mencionado, morava naquela época em Broddanes. Um dia, pensou em ir a Hrutafjord de navio com uma carga de madeira e voltar por terra trazendo gado. Tinha um cachorro com o poder de ver fantasmas "perseguidores". Porém, na manhã em que ia partir, o cão não foi encontrado em nenhum lugar. Depois de muita procura, acharam-no escondido debaixo das tábuas do chão e Gudmund teve de levá-lo à força para o barco.

O tempo estava bom, mas quando a embarcação chegou a Kollsa, começou uma terrível tempestade e o barco naufragou rapidamente. Dois homens agarraram-se penosamente à quilha e o barco foi arrastado até Hrutafjord por um pavoroso vento do norte. Para desgraça de todos, os barcos próximos estavam rodeados de gelo e não tinham remos. As pessoas corriam em busca de ajuda, mas a embarcação ia à deriva, e quando parecia aproximar-se de algumas praias, novamente era arrastada ao longo da costa. Encalhou em Baernes e então já não se via ninguém a bordo. Esse acidente também foi atribuído a Mori.

Muito tempo depois, Finn foi comercializar no mercado de Budar, e na viagem de volta o barco naufragou. Suas valiosas mercadorias perderam-se e um homem se afogou. Antes de o barco afundar de vez, os tripulantes afirmaram ter visto um desconhecido no navio, e insistiam ser Mori. Contava-se em relação a Finn, que Mori nunca tinha conseguido feri-lo, e esse incidente prova tal afirmação. Posteriormente, Mori tornou-se mais tranquilo e menos ativo. Seja como for, ninguém pode afirmar que as pessoas estejam a salvo de seus ataques em Solheim, inclusive atualmente.

Hall casou-se e foi morar em Joküll, no oeste, mas sempre teve má reputação e foi considerado um malvado. Há rumores de que, em certa ocasião, quando morreu uma de suas filhas, brigou com a esposa e, como vingança, tratou tão agressivamente o corpo da filha que lhe quebrou todos os ossos.

Gilitrutt

– ISLÂNDIA –

Era uma vez um jovem fazendeiro que vivia na parte baixa das montanhas de Eyjafjöll, ao sul da Islândia. Era um homem enérgico e trabalhador, dono de um grande rebanho. Havia bons pastos ao redor da sua fazenda. Quando esta história aconteceu, o rapaz era recém-casado. Sua esposa era uma mulher jovem, porém passiva e indolente. Realmente preguiçosa, inútil para realizar algo de proveitoso, e cuidava muito mal da casa. Ainda que isso contrariasse o rapaz, ele não conseguia solucionar o problema.

No outono posterior ao seu casamento, entregou à esposa uma grande quantidade de lã para que confeccionasse vestidos e outras roupas, porém, ela recebeu-a com muito pouco entusiasmo. Quando chegou o inverno, a mulher não tinha sequer tocado na lã, apesar das repetidas recomendações que o marido fizera.

Certo dia, uma anciã de aspecto tosco chegou à fazenda e pediu esmola à moça.

"Podes fazer algo para mim em pagamento?", perguntou-lhe a jovem.

"*É possível*", disse a velha. "*Que queres que faça?*"

"Pega esta lã e faz roupas com ela", disse a esposa do fazenderio.

"*Bem, dá-me a lã*", respondeu a anciã.

A garota pegou o saco enorme de lã e o entregou à velha. Esta disse ao recebê-la:

"*Voltarei com a roupa no primeiro dia de verão*".

"Quanto queres em pagamento?", perguntou a jovem esposa.

"*Não muito*", disse. E acrescentou: "*Se adivinhares meu nome, estaremos quites*".

A esposa concordou e a anciã foi embora.

O inverno continuou e o fazendeiro perguntou várias vezes à mulher como ia o trabalho com a lã. Ela respondia que ele não devia preocupar-se, porque o trabalho estaria terminado até o primeiro dia de verão. O fazendeiro não se sentia muito feliz com essa resposta, mas não voltou a pressionar a esposa.

O inverno estava chegando ao fim e a mulher começou a perguntar-se qual seria o nome da anciã. Só então compreendeu que não tinha como saber. Por isso começou a sentir-se cada vez mais preocupada e deprimida. O marido perguntou-lhe o que estava acontecendo e ela, reticente a princípio, acabou contando-lhe toda a história. Aterrorizado, ele disse-lhe que a velha devia ser uma trol que queria enganá-la.

Certo dia o fazendeiro foi com seu rebanho aos sopés de certas montanhas longínquas. No caminho, encontrou uma grande pedra. Distraído, preocupado e sem perceber aonde ia, passou junto ao penhasco e escutou um ruído que retumbava dentro da pedra. Aproximou-se e viu, sentada sobre um montão de lã, uma anciã que cantava sem parar:

"Ji, ji e jô jô!
A mulher não sabe meu nome
Ji, ji e jô, jô!
Gilitrutt é meu nome
Ji, ji e jô jô!"

A mulher continuou trabalhando a lã com muita força e sem parar de cantar.

O granjeiro sentiu-se realmente feliz, pois logo deduziu que aquela era a anciã que tinha visitado sua mulher no outono passado. Logo voltou para casa e anotou o nome da velha num papel, porém não disse uma palavra a sua esposa.

Chegou o último dia de inverno e a mulher do fazendeiro estava tão deprimida que não conseguia nem levantar da cama. O fazendeiro aproximou-se e perguntou-lhe se já sabia o nome de sua "fada". Ela começou a soluçar e respondeu que não, que não sabia o que fazer e que aquilo a levaria à morte, tão grande era o desgosto que a consumia. Então o marido deu-lhe o bilhete com o nome da mulher e disse-lhe que não se preocupasse, pois tudo estava salvo. Tremendo ainda, ela pegou o pedaço de papel e pediu-lhe para que, por favor, permanecesse com ela quando chegasse a mulher. O marido negou. "Tu fizeste o negócio e, portanto, deves terminá-lo." Dizendo isso, deixou-a sozinha.

No primeiro dia de verão, a mulher estava sozinha em casa. De repente, ouviu-se um terrível estrondo, seguido por um bater de porta e a aparição da velha com uma grande trouxa de roupa sob o braço. Lançou-a em direção da mulher e, com cara de poucos amigos, perguntou-lhe: "*E então? Qual é o meu nome, minha linda?*"

A esposa, quase morta de medo, sussurrou: "Signy".

"*É esse o meu nome? É esse o meu nome? Tenta outra vez, lindinha*", rugiu a anciã.

"Talvez seja Gilitrutt!", disse a mulher.

A velha recebeu com surpresa tal resposta e, totalmente chocada, caiu no chão com grande estrondo. Pouco depois, levantou-se e saiu sem dizer uma palavra, desaparecendo para sempre.

A mulher do fazendeiro sentiu-se tão aliviada e mudada após esses acontecimentos que se transformou numa mulher totalmente diferente. A partir daquele dia, passou a ser conhecida como uma jovem muito trabalhadora e prendada que cuidava muito bem da casa e que passara, sem a menor dúvida, a trabalhar com a lã.

Anne Rykhus

– NORUEGA –

O Povo Oculto desde sempre vem tentando com grande afinco levar o Natal ao seu mundo. Algumas vezes raptava os garotos que cuidavam das cabras e até mesmo homens feitos e honestos. Mas o que os homens mais gostavam era de casar-se com uma moça cristã.

Numa montanha rica em pastagens, chamada Jensa, havia uma garota, Anne Rykhus, que costumava ficar até bem tarde nos pastos, pois todas as noites um moço atraente a visitava ali. Era um rapaz agradável, cortês, de muita consideração e falava de forma tão persuasiva que ela concordou em casar-se com ele.

Nos velhos tempos, sempre havia cães de guarda nas coberturas para guardar os rebanhos, e Anne tinha um. O cão imediatamente entendeu que "o moço" que vinha todas as noites visitar sua dona não era um homem de carne e osso. Certa noite, desceu correndo pela ladeira até o povoado, onde se comportou tão estranhamente que um fazendeiro logo percebeu que alguma coisa acontecia lá na montanha. Pegou sua arma e subiu com o cachorro para ver o que estava acontecendo.

Assim que chegou, viu uma multidão vestida de forma muito elegante, com os cavalos encilhados como se fosse realizar-se um casamento. Também pôde observar que entre eles estava Anne. Ia montada numa linda égua preta enfeitada com inúmeros adornos e estava vestida como uma noiva com uma coroa dourada e todo tipo de joias. Um belo rapaz a acompanhava. Pareciam estar de partida, de maneira que o homem precisava agir imediatamente. "Em nome de Jesus", gritou, e deu um disparo para o alto. Repentinamente, tudo se esvaneceu e a moça ficou sentada no chão, completamente atordoada. "Como estás?", perguntou-lhe o homem. "Quero voltar para casa", disse, e começou a chorar.

O homem a levou para casa, porém, desde aquele dia, ela nunca mais foi a mesma. Costumava comentar que quando o homem disparou sua arma sobre as cabeças dos presentes, o rapaz que ia casar-se com ela disse: *"Tu vês muito, mas entendes pouco"*. E realmente era assim. A moça podia ver seres invisíveis para os humanos. Em algumas ocasiões, podia ver o caminho tão cheio deles que tinha de pegar um pedaço de pau e forçá-los a sair. Também via o futuro. Assim, em certa ocasião, comentou que podia ver vagões sobre rodas que, juntos, subiam vale acima, e cinquenta anos depois a estrada de ferro chegou a Fron, passando em frente à casa onde ela tinha vivido. Mas sua declaração mais surpreendente foi a de ter visto objetos similares a grandes pássaros voando pelo ar; anos depois, um avião sobrevoou o povoado. Após alguns anos, Anne Rykhus deixou de ser considerada uma pessoa extravagante para ser considerada uma pessoa sábia.

A velha noiva
– DINAMARCA –

Certa vez, um casamento estava sendo celebrado em Broby Norte, junto a Odense, na Dinamarca.

Num dado momento, a noiva abandonou o prado onde transcorria o baile e, sem pensar no que fazia, foi até um outeiro que havia ao longe, onde por acaso o povo elfo celebrava um baile de casamento também. Aproximou-se do monte, e um homem se aproximou e lhe ofereceu uma taça de vinho. A noiva pegou a taça e tomou seu conteúdo, permitindo que a convidassem para dançar. Mas, assim que o baile terminou, lembrou-se de seu marido e voltou pelo mesmo caminho em direção à fazenda.

Logo percebeu que tudo estava totalmente diferente. Quando chegou ao povoado, não pôde reconhecer os campos nem as fazendas nem ouvir algum barulho vindo da sua festa de casamento. Finalmente, chegou às proximidades da fazenda onde morava seu marido. Entrou na casa, mas não conseguiu reconhecer nada nem ninguém, e ninguém a reconheceu. Só uma velha, ao escutar as lamentações da noiva, exclamou: "Então foste tu que desapareceste há cem anos, no casamento do irmão de meu avô!"

Ao escutar essas terríveis palavras, a noiva caiu morta no chão naquele exato momento.

O menino roubado

– ISLÂNDIA –

Faz muito tempo, morava um casal em Holar, comarca de Laxardal, muito estimado e querido por todos. O casal tinha adotado um menino chamado Erlend, e este tinha três ou quatro anos quando esta história aconteceu. Naquele dia, todas as pessoas da casa estavam fora trabalhando com o feno na terra ou recolhendo lenha, com exceção de uma vigorosa anciã, que ficou cuidando que Erlend e as outras crianças não se machucassem. Durante a manhã, a velha chegou a pensar que o dono da casa tivesse voltado para levar Erlend. Como não viu mais a criança, supôs que estaria com ele e não se preocupou mais. Mais tarde, quando todos voltaram para almoçar, perguntou por Erlend e ninguém soube dizer onde estava. O dono da casa negou veementemente que o tivesse levado, como a velha pensara. Todos ficaram muito preocupados com o desaparecimento do menino e procuraram-no por todos os lugares, em vão.

Naquele tempo, Arnthor vivia em Sand, junto a Athaldal. Homem muito versado nas artes da magia, era de grande ajuda para aqueles que tinham sido sequestrados pelo Povo Oculto ou atacados com as malfadadas e pérfidas artes da bruxaria. Por isso, o casal de Holar, ao perder o filho, decidiu pedir ajuda a esse homem. Arnthor respondeu-lhes que realmente sabia onde estava o menino. Estava com o Povo Oculto que vivia nas pedras, acima do riacho que passava perto da fazenda de Holar. Contudo, avisou que não seria nada fácil trazê-lo de volta. Disse-lhes que voltassem tranquilos para casa e que se em uma semana não tivessem notícias, tornassem a consultá-lo.

Ao completar sete dias do desaparecimento de Erlend, quando todos já estavam sentados para o almoço, o menino entrou tranquilamente pela porta e comportou-se como costumava fazer habitualmente. A única coisa que lhes chamou a atenção foi uma mancha preta na bochecha esquerda da criança.

Perguntaram-lhe o motivo de seu desaparecimento e sobre sua volta ao lar. Ele respondeu que alguém parecido com seu pai adotivo, o fazendeiro, tinha vindo até a porta da casa e o havia levado. Depois de uma pequena caminhada, chegaram a uma casa muito bonita. No lado de fora da casa, uma mulher vestida de azul-escuro deu as boas-vindas a Erlend de forma muito carinhosa. O menino, no entanto, não gostou daquela mulher. Nos poucos dias em que viveu na casa dela, gritou e chorou. A mulher tentou de todas as formas possíveis apaziguar e tranquilizar o pequeno, mas não conseguiu. Mostrou-lhe ouro e joias e vários tesouros para contentá-lo, mas tudo foi em vão. Finalmente, vendo que não conseguia nada, pegou o menino e levou-o pelo mesmo caminho de volta à casa de sua família. No último instante, a mulher deu-lhe um sopapo na cara, dizendo-lhe que o merecia por todos os problemas que lhe tinha causado. Quando ela já estava longe, Erlend viu a fazenda e encontrou o caminho da casa. Mas a marca preta que o sopapo lhe deixara no rosto não desapareceu. Erlend viveu até idade avançada e tornou-se um bem-sucedido fazendeiro. Além disso, deixou abundante descendência. Mas conta-se que, enquanto viveu, a marca preta permaneceu em sua bochecha.

A Pedra da Bruxa

– ISLÂNDIA –

No bairro de Kirkjubær, na região de Hroarstunga, existem uns curiosos penhascos chamados Skersl. No seu interior, existe uma caverna onde há muito tempo viveu um trol com sua esposa. Seu nome era Thorir, mas o nome dela não é lembrado. A cada ano, os dois usavam a magia para atrair até eles o presbítero e o sacerdote de Kirkjubær. Depois, tanto um como o outro desapareciam e nunca mais se sabia deles. Até que um presbítero chamado Eirikur chegou à igreja e preocupou-se em proteger a si mesmo e ao padre com suas orações, contra o que todos os esforços do casal foram em vão.

Assim seguiam as coisas, até que na véspera de Natal, à medida que a noite avançava, a bruxa-trol, percebendo que não tinha nenhuma possibilidade de capturar o presbítero ou o padre, desistiu de seu propósito e comentou com o marido: *"Tentei enfeitiçar o presbítero com todas as minhas forças, mas não o consegui, pois cada vez que vou lançar um feitiço, sinto como se um calor viesse até mim, deixando-me em brasa até os ossos. É um sinal de que devo parar. De forma que agora tu terás que procurar alguma comida. Não temos nada para comer na caverna"*.

O gigante disse que não tinha vontade, mas finalmente sua mulher o convenceu. Saiu da caverna resmungando e foi em direção ao leste, ao longo das montanhas que atualmente têm o nome de cordilheira de Thorir por sua causa. Chegou a um lago que desde aquela época também se conhece como o lago de Thorir. Ali, com um forte golpe, fez um buraco no gelo e lançou sua vara. Deste modo, pôde capturar muitas e grandes trutas através do buraco no gelo. A nevasca era intensa, e quando achou que já tinha peixes em número suficiente, quis levantar-se para ir para casa com o produto de sua pesca, mas a geada o tinha colado ao chão e ele não pôde ficar em pé. Tentou por muito tempo, lutou muito, mas em vão, e ali permaneceu no seu ninho de gelo até morrer.

A bruxa começou a achar que seu marido estava demorando muito e foi-se enfurecendo. Saiu correndo da caverna pelo mesmo caminho que o gigante tinha tomado, sobre a cordilheira, até que finalmente o encontrou sem vida sobre o gelo. Durante muito tempo tentou levantá-lo do solo gelado; quando viu que não tinha nenhuma possibilidade, segurou a corda das trutas e, com um forte puxão, lançou-as por cima de seu homem, enquanto recitava:

"Por esta palavra que digo e esta maldição que lanço, de agora em diante nenhum peixe será capturado neste lago".

E essas palavras transformaram-se em realidade, pois a partir daquele momento não se pôde pescar absolutamente mais nada naquele local.

A bruxa retornou cabisbaixa à sua caverna, mas em plena caminhada pela montanha duas coisas aconteceram simultaneamente: viu nascer o sol pelo leste e escutou o som do sino de uma igreja. Ambos os fatos, como sabemos, são letais para um trol. Instantaneamente, transformou-se numa pedra lá na cordilheira e desde aquele momento aquela rocha passou a denominar-se "A Pedra da Bruxa".

O diarista

– ISLÂNDIA –

Um homem de Sudurnes, a sudeste da Islândia, dirigiu-se ao norte a fim de procurar trabalho como diarista. Assim que chegou, um denso nevoeiro cobriu o lugar e ele se perdeu. Logo após, começou um temporal de chuva e neve; além disso, fazia um frio terrível, o que o fez decidir parar onde estava e armar sua barraca. Logo que terminou, pegou seus mantimentos e começou a comer. Enquanto se alimentava, entrou na barraca um cachorro de cor avermelhada, molhado e com aspecto faminto. O homem surpreendeu-se de encontrar um cachorro em tal lugar, pois supunha-se que ali não houvesse nenhum ser vivo. O animal era tão horrível e estranho que o diarista sentia-se realmente aterrorizado diante dele. De qualquer forma, deu-lhe para comer tudo o que o animal quis. O cão devorou avidamente a comida e depois foi embora, desaparecendo no forte nevoeiro. O diarista não voltou a preocupar-se mais com ele e, depois de saciar-se, deitou-se e dormiu profundamente.

Então, sonhou que uma mulher entrava na barraca. Era alta e de idade avançada.

"Queria agradecer a tua ajuda à minha filha, bom homem", disse-lhe. *"E ainda que não possa recompensar-te como mereces, deixo-te esta foice junto à tua cela. Espero que seja de grande utilidade para ti, pois permanecerá sempre afiada, corte o que cortar. Porém, nunca a esquentes no fogo, pois aí não servirá para mais nada, contudo podes afiá-la sempre que quiseres."* Logo após, a mulher desapareceu.

Quando o homem acordou, notou que a neblina desaparecera e que o sol brilhava. Recolheu a barraca e preparou os cavalos para reiniciar a viagem. Ao aproximar-se da cela, viu a foice, bastante usada e um tanto mofada, mas em bom estado para uso. Lembrou-se, então, do sonho. Terminou de empacotar seus pertences e foi em direção ao norte. Encontrou o caminho e logo depois chegou aos primeiros assentamentos humanos da comarca.

Chegando lá, ofereceu-se para recolher o feno nas fazendas, mas como já fazia uma semana que tinha começado a temporada, a maioria dos fazendeiros não precisava contratar mais diaristas.

Então, disseram-lhe que a proprietária de uma fazenda distante ainda não tinha começado o recolhimento do feno e talvez pudesse dar-lhe trabalho, porém advertiram-no de que era muito avarenta e que muitas vezes fazia as pessoas trabalharem por uma semana e depois não lhes pagava.

Com esse aviso em mente, dirigiu-se àquela fazenda. Ao chegar, foi recebido pela senhora, que imediatamente lhe fez uma proposta: "Permitirei que fiques uma semana, porém não te pagarei nada a menos que recolhas mais feno nesta semana do que eu sou capaz de rastelar num sábado".

O homem achou que aquela proposta era boa e aceitou mais do que depressa. Usando a foice que a mulher-elfo lhe havia dado, começou a segar. A ferramenta era tão boa que não precisava afiá-la. Assim, permaneceu segando durante cinco dias. A mulher tratava-o bem e ele estava contente.

Na noite da quinta-feira, com muito trabalho já feito, entrou no paiol e viu que havia rastelos em grande quantidade. Então, concluiu que sua patroa estava muito bem equipada. Pouco depois foi dormir. Nessa noite teve um sonho. A mulher-elfo que o presenteara com a foice voltou a aparecer e disse-lhe: *"Realmente segaste muito feno, mas leva em conta que a tua patroa não levará muito tempo para recolhê-lo com os rastelos, e se o conseguir, ela te despedirá. Vai, pois, ao paiol e pega todos os cabos de madeira que puderes. Puxa-os com as foices e leva-as ao campo para ver como funcionam".*

O homem acordou imediatamente e fez tudo o que lhe havia recomendado a mulher-elfo, trabalhando febrilmente. Pela metade da manhã, chegou a patroa com cinco rastelos. Colocou quatro deles no chão e empunhou o quinto. O diarista, completamente pasmado, viu como a mulher trabalhava com um deles, recolhendo feno em ritmo acelerado, enquanto os outros quatro trabalhavam muito mais, sem que ninguém os manejasse. Após algumas horas, quase toda a enorme quantidade de feno tinha sido recolhida pelos rastelos daquela mulher. Era evidente que em pouco tempo terminaria com tudo, de maneira que o diarista voltou ao paiol, recolheu suas foices e começou a trabalhar com tanta rapidez que o montão de feno voltou logo a crescer.

Ao cair da noite, a mulher entrou em casa com seus rastelos e disse ao camponês que ele era muito mais inteligente do que ela inicialmente pensara e que tinha feito um excelente trabalho, merecendo, por isso, a recompensa prometida. Disse-lhe então que podia ficar todo o tempo que quisesse.

Ele ficou durante todo o verão e recolheram uma grande quantidade de feno. Ambos sentiam-se muito contentes; a mulher porque estava obtendo bons lucros com sua fazenda e o diarista porque era muito bem tratado. Quando acabou o verão, a mulher cumpriu sua palavra e deu-lhe um bom pagamento. Com esse dinheiro, ele voltou ao sul. O camponês retornou todos os anos que pôde, pelo menos, enquanto trabalhou como diarista.

Com o tempo e graças a seu esforço, juntou uma pequena fortuna que lhe permitiu comprar uma fazenda em Sudurnes. Foi muito feliz e bem considerado entre seus vizinhos e para sempre usou a foice que lhe dera a mulher-elfo.

O homem que casou com uma "Mara"

– ISLÂNDIA –

Um camponês tinha como noiva uma "Mara" e demorou a perceber, mas como ela o visitava todas as noites, suspeitou que algo estranho acontecia. Começou a vigiar e finalmente percebeu que ela entrava em sua casa enfiando-se por um buraco em uma tábua de carvalho que havia na parede. Por isso, fez um tampão de madeira e colocou-o muito apertado contra a abertura, obrigando-a assim a ficar no cômodo. Em consequência disso, sua noiva recuperou logo a forma humana e o jovem camponês pôde casar-se com ela. Foram muito felizes e tiveram muitos filhos.

Depois de muitos anos, o casal continuava vivendo muito bem, até que certo dia o homem topou com aquele tampão que colocara na juventude. Achava-se no mesmo lugar, fechando a saída daquele velho buraco na madeira. Como se fosse apenas uma brincadeira, perguntou a sua esposa se sabia como tinha ido parar naquela casa. Como não tinha nem a mais remota ideia, contou-lhe tudo o que havia acontecido. No final do relato, tirou o tampão, permitindo que a mulher pudesse ver o caminho pelo qual havia entrado. Ela olhou pelo buraco e imediatamente começou a ficar cada vez menor, tanto, que no fim deslizou por ele, desaparecendo para sempre. Nunca mais se soube algo a respeito dela.

A coroa nupcial

– NORUEGA –

Certa ocasião, em Numedal vivia uma moça tão maravilhosa que até um Tusse chegou a apaixonar-se por ela. E ainda que esse homem do mundo subterrâneo lhe prometesse uma fazenda como presente, além de muito gado, pois o que mais desejava era casar-se com ela, a moça continuava desejando o noivo dela. Quando o Tusse certificou-se de que não conseguiria nada por bem, raptou a garota e levou-a à força ao Mundo Subterrâneo. Acompanhado por uma enorme e buliçosa multidão de Tusses, dirigia-se à igreja do Mundo Subterrâneo para casar-se com ela, quando o noivo da jovem teve a sorte de encontrar o rastro deixado por sua noiva desaparecida. Chegou até o cortejo do casamento e deu um disparo sobre a cabeça da moça. Em consequência, todo o encantamento desapareceu, e assim, não só recuperou sua amada como também obteve uma magnífica coroa de prata que os Tusses tinham colocado na cabeça da noiva.

Essa coroa pode ainda ser vista no vale, e como se considera que dá boa sorte às noivas que a usam, é emprestada para todos os casamentos importantes da comarca.

O pequeno gênio na garrafa

– ISLÂNDIA –

Era uma vez um camponês que vivia nos fiordes do oeste. Era casado e muito bem casado. Tinha, porém, um inimigo que o odiava até a morte. O inimigo do camponês, segundo parece, era especialista em feitiços e por isso pensou em utilizar sua magia contra ele e matá-lo.

Um dia o camponês estava dormindo, mas pouco antes avisara sua esposa de que acreditava que alguém ia atacá-lo e até feri-lo. A mulher disse-lhe que se tranquilizasse e fosse para a cama. Ela ficaria ali cuidando dele. Assim tranquilizado, ele imediatamente adormeceu. Pouco depois, entrou um menino muito pequeno. A mulher perguntou-lhe o que queria e ele respondeu que viera para matar seu marido. A mulher replicou que não poderia fazer aquilo nunca, pois era muito pequeno. Ele disse que sabia muito bem como fazer para encher-se e crescer e crescer. A mulher disse que seria muito bonito e que gostaria de ver. Então o garoto começou a encher-se e encher-se, enquanto a mulher o incitava a ficar ainda maior. Finalmente ficou tão grande, tão grande que teve de curvar-se e, apesar de tudo, sua cabeça permanecia entre as vigas do teto. A mulher então perguntou se ele também podia ficar pequeno. O enorme menino disse que também sabia fazer aquilo, e a mulher afirmou que gostaria de ver. Pouco a pouco, ele foi ficando menor, até que chegou ao mesmo tamanho que tinha quando chegou a casa. A mulher perguntou se seria capaz de diminuir ainda mais e o menino começou a diminuir, até transformar-se em um ser minúsculo. Ela disse-lhe que gostaria que ele fosse ainda menor, e o diminuto ser atendeu a seu desejo. Nesse momento, com grande rapidez, a mulher trouxe um pote de vidro e mostrou-o ao menino, perguntando-lhe se seria capaz de diminuir a ponto de entrar dentro dele. O menino afirmou-lhe que era capaz, e a mulher disse que gostaria de ver. No mesmo instante, ele tornou-se ínfimo e entrou no frasco. A mulher imediatamente pôs a tampa e amarrou-a com força. A seguir, colocou o pote numa sacola de couro. Era evidente que o menino não podia sair.

Pouco depois, o camponês acordou e perguntou a sua mulher se viera alguém. A mulher respondeu-lhe que sim, que viera alguém muito pequeno com intuito de matá-lo. Agarrou o frasco, tirou-o da sacola e disse que aquele era o sujeito que viera com tão más intenções. O camponês pegou o frasco, olhou para a mulher e disse-lhe que sempre soube que ela era uma boa esposa, mas que nunca suspeitara que fosse tão inteligente. Em seguida, destruiu o diabinho, e desde aquele instante o homem e a mulher viveram felizes e não receberam nenhum outro demônio ou enviado.

O Touro de Thorgeir

– ISLÂNDIA –

Era uma vez um homem chamado Thorgeir Jonsson, conhecido por muitos pelo apelido de Seiri, o feiticeiro. Seu irmão era Stefan Rhymer, um orador de grande reputação com excelente capacidade para recitar versos. Menciona-se também um terceiro homem chamado Andrés, que era tio dos dois. Todos eram de Fnjoskadal e trabalhavam em um bote de pesca na ilha Hrisey, no fiorde Eyjafjörd, durante o outono.

Comenta-se que esses três homens trabalhavam juntos para fazer um touro. Primeiro, Thorgeir obteve um novilho recém-nascido de uma mulher que morava na ilha. Matou o animal, tirou-lhe a pele e lançou um feitiço sobre ele. Porém os três homens não se sentiam satisfeitos com isso. A seguir, na abertura da pele puseram porções de oito elementos diferentes: de ar e de um pássaro, de um homem e de um cachorro, de um gato e de um rato e, finalmente, de duas criaturas marinhas e de uma bota. Portanto, atrás da sua natureza de touro, ocultavam-se mais oito. Podia viajar pelo ar, assim como sobre a terra e o mar, e aparecer em tantas formas diferentes como as das naturezas que possuía, a seu bel-prazer. Ainda que o touro tivesse sido feito do modo descrito, Thorgeir tinha medo de que a criatura fosse poderosa demais e ficasse fora de controle. Assim que obteve a placenta de uma criança recém-nascida, lançou-a sobre o animal.

Já que Thorgeir era o principal responsável pela realização da feitiçaria do touro, o animal ficou conhecido como o "Touro de Thorgeir", e de fato foi dele que recebeu ordens pela primeira vez.

Ele tinha se declarado a uma mulher de nome Gudrun Bessadottir, mas ela não correspondia a seus sentimentos. Assim sendo, cheio de ira enviou-lhe seu touro, o qual passou a persegui-la sem descanso, não a deixando em paz. Quando ela se deslocava a uma outra fazenda, tinha de ser escoltada por seis ou oito homens, já que, de outro modo, ninguém se sentia seguro em ir em sua companhia. Apesar de tudo, várias vezes foi derrubada de seu cavalo e lançada a três ou quatro braçadas de distância, inclusive na presença dos homens que amavelmente a acompanhavam para protegê-la. Em outras ocasiões, o animal parava de incomodá-la por algum tempo.

Certa vez, ela estava na igreja e o touro a atormentou tanto e mordeu-a com tal firmeza que a feriu gravemente. Nesse momento, um homem saiu da igreja e observou alucinado que das ventas do touro saía uma corda em direção ao templo. Pouco depois, o animal desapareceu. Finalmente, o touro foi a causa de sua morte, devido a essa incessante e implacável perseguição.

A esposa do magistrado de Burstarfell

– ISLÂNDIA –

Era uma vez um rico magistrado, procedente de uma boa família, que vivia em Burstarfell, no fiorde Vopnafjördur. Era casado e mantinha sua casa com muita fartura.

Durante o inverno, era costume em Burstarfell tirar uma soneca ao entardecer antes que as luzes fossem acesas na *badstofa*[2]. Cabia à mulher do magistrado dizer quanto devia durar a referida sesta. Ela tinha de acender as luzes e acordar as pessoas.

Certo dia, ao entardecer, a mulher do magistrado não levantou à hora de costume; os trabalhadores da fazenda acordaram por sua

---

[2] Casa separada ou sala principal de uma fazenda.

conta e acenderam as luzes. O magistrado não queria que a acordassem. Disse que ela estava sonhando e que devia permitir à sua esposa desfrutar do seu maravilhoso sonho. Já era tarde da noite quando ela acordou e, lançando um lamento, contou seu sonho aos presentes.

Um homem que se aproximara dela pediu-lhe que se levantasse e o acompanhasse. Assim ela o fez e ele levou-a da fazenda até uma grande pedra que ela reconheceu como sendo na comarca de Burstarfell. O homem deu três voltas ao redor da pedra no sentido horário, e a pedra transformou-se numa casa pequena, mas muito bonita. O homem convidou-a a entrar, e ela observou que estava muito bem decorada. Viu ali uma mulher angustiada, a ponto de dar à luz e sofrendo muito. Havia também uma velha e ninguém mais.

Nesse momento, o homem explicou à mulher do magistrado o motivo da visita. Pediu-lhe por favor que salvasse a mulher que estava na cama, explicando-lhe que se tratava de sua esposa. Ela morreria, disse-lhe, a não ser que um ser humano a ajudasse.

A mulher do magistrado aproximou-se da futura mãe e disse: "Nosso Senhor Jesus te ajudará".

Essas palavras produziram uma tal mudança na mulher, que pouco depois ela deu à luz e já estava recuperada, para alegria de todos os presentes. A mulher do magistrado, no entanto, observou que a anciã, ao ouvir o nome de Jesus, apartara-se rapidamente e começara a varrer a casa. A visitante teve a impressão de que a velha considerava que a casa tinha sido maculada só com a menção do nome de Jesus.

O recém-nascido foi lavado e enxuto pela mulher do magistrado, que, com satisfação, cuidou dele até que a mãe lhe deu uma jarra com unguento para aplicar nos olhos do bebê depois do banho. A mulher obedeceu e, acreditando ser um bom remédio, pensou em passar nos seus próprios olhos, porém hesitou em fazê-lo diante dos presentes. Esperou o momento propício e aplicou uma fina camada com a ponta do dedo no olho direito, sem que ninguém percebesse.

Depois de banhado e seco, o bebê logo adormeceu profundamente. Com o profundo agradecimento dos presentes, a esposa do magistrado preparou-se para voltar ao lar. No momento de ir embora, a mãe da criança presenteou-a com um belíssimo tecido de veludo bordado em ouro. O homem a acompanhou até a saída e deu três voltas ao redor da casa em sentido anti-horário, fazendo-a imediatamente transformar-se em uma pedra. Então, acompanhou a mulher até sua casa, em Burstarfell, onde se despediu dela.

A esposa do magistrado contou sua história e como prova da verdade mostrou o presente que tinha recebido. Ninguém vira antes algo semelhante e todos concordaram que era um tecido maravilhoso, o qual ainda hoje pode ser visto no altar da igreja de Burstarfell.

Por sua parte, a mulher do magistrado começou a notar profundas mudanças no seu olho direito, aquele que ela havia ungido com o bálsamo. Em pouco tempo, foi capaz de ver tudo o que acontecia sobre a terra. Perto de Burstarfell existe uma formação rochosa com grandes e imponentes escarpas. A mulher podia ver agora a muralha de pedra de forma muito diferente de como a vira até então. Havia fazendas, casas e grandes povoados cheios de pessoas que pareciam comportar-se como os humanos nos seus afazeres diários: cultivavam os campos, roçavam o mato, possuíam gado, ovelhas e cavalos de que cuidavam com esmero... E todas essas pessoas trabalhavam felizes.

Muito tempo se passou, até que a esposa do magistrado encontrou a mulher que ela havia ajudado no trabalho de parto, caminhando pelas redondezas do povoado daquela gente que só ela via. Aproximando-se dela, disse-lhe de forma carinhosa: "Veja só! Finalmente nos vemos de novo!"

A mulher-elfo virou-se, olhou-a muito brava

e sem dizer palavra cuspiu no olho direito da mulher. Imediatamente a mulher-elfo desapareceu de sua vista e nunca mais apareceu. E não foi só isso, ela também não pôde voltar a ver aqueles curiosos e felizes personagens que apenas ela enxergava após ungir-se com o unguento.

O fantasma e o cofre

– ISLÂNDIA –

Era uma vez o administrador de uma fazenda eclesiástica no norte da Islândia. Homem casado e de grande riqueza, só se preocupava em juntar dinheiro. Sabia-se que possuía grande fortuna. Tratava-se de um cavalheiro muito avarento, ao passo que sua esposa era amável e caridosa, porém não tinha a menor influência sobre ele.

Num inverno, o administrador caiu doente. Seu estado agravou-se e ele rapidamente morreu. Foi enterrado e contabilizou-se sua herança, mas, para a surpresa de todos, não foi encontrado dinheiro algum. Perguntaram à viúva, mas esta respondeu que não sabia onde o marido o guardava. E dado que era considerada uma pessoa honrada, sua palavra não foi questionada. Os vizinhos imaginaram que o administrador devia ter enterrado o dinheiro, como se comprovaria mais tarde.

À medida que avançava o inverno, as pessoas começaram a ver aparições de fantasmas na fazenda. Logo, imaginaram que era o administrador que voltava para ficar perto de seu dinheiro. A situação piorava e, no início da primavera, os camponeses daquelas terras estavam dispostos a abandonar a desconsolada viúva, deixando-a sem nenhuma ajuda para o trabalho do campo e para cuidar do gado. A viúva, por sua vez, estava disposta a renunciar à fazenda.

Assim continuou a situação até a mudança de estação. Naquela ocasião, um diarista veio e se ofereceu à mulher para cultivar a terra. Ela o contratou. Em pouco tempo, o diarista descobriu que a propriedade estava terrivelmente encantada e perguntou à viúva se seu marido tinha possuído muito dinheiro. Ela respondeu que não sabia nada sobre o assunto.

Depois do verão, veio o inverno, a época de mercado. Em tal ocasião, o diarista, homem verdadeiramente inteligente, como se verá, foi à cidade e, entre outras coisas, comprou grande quantidade de lâminas de folhas-de-flandres e linho branco. Quando chegou a casa, começou a costurar e fez uma mortalha com o linho. Como era um trabalhador experiente com metais, confeccionou

também umas luvas com as lâminas de folha-de-
-flandres.

Uma noite, quando as noites eram novamente mais compridas e escuras e todos tinham ido dormir, o homem calçou as luvas de folha-de-flandres, colocou uma lâmina de metal no peito e cobriu tudo com a mortalha de tecido. Logo depois, foi ao cemitério, passou junto à tumba do administrador, repetindo a passagem uma e outra vez, brincando com uma moeda de prata que tinha nas mãos.

Pouco depois, um fantasma levantou-se do túmulo do administrador. Dirigiu-se ao diarista e fez-lhe uma pergunta direta:

"*És um dos nossos?*"

"Sim", respondeu o camponês.

"*Deixa-me sentir*", disse o fantasma.

O diarista estendeu-lhe a mão e ele sentiu que estava fria.

"*Sim, tu és um fantasma, concordo*", disse. "*Por que voltaste?*"

"Para brincar com esta moeda de prata", disse o rústico lavrador.

"*Pobre coitado*", disse o fantasma. "*O que farias se tivesses tanto dinheiro como eu?*"

"Tu tens muito dinheiro?", perguntou o diarista.

"*Sim senhor*", afirmou o fantasma e imediatamente saiu correndo do cemitério, seguido pelo camponês. Continuaram correndo até os limites da fazenda. Ali, o fantasma acocorou-se sobre um pequeno monte e tirou um cofre. Ambos começaram a brincar com o dinheiro e assim passaram parte da noite, divertindo-se. Perto da alvorada, o fantasma quis recolher as moedas e escondê-las, mas o diarista disse-lhe que ainda não tinha visto as moedas pequenas e derrubou-as todas outra vez. O fantasma olhou-o e disse: *"Tu não podes ser um fantasma"*.

"Claro que sou!", exclamou o homem. "Toca em mim e verás", e mostrou-lhe a outra mão.

"É verdade!", disse o fantasma, e recomeçou a recolher suas moedas, enquanto o camponês continuava jogando-as para cima.

O fantasma começou a sentir-se realmente irritado e furioso e afirmava que o outro devia estar vivo e queria atraiçoá-lo. O diarista negou de novo. Então o fantasma agarrou-o pelo peito, mas ao sentir que estava frio teve que admitir. *"Está certo o que dizes, és como eu."*

Uma vez mais o fantasma apressou-se a recolher o que era dele e nesse momento o diarista não se atreveu a incomodá-lo.

"Vou pôr minha moeda com teu dinheiro", disse.

"Claro, por que não?", respondeu o espectro. Enterrou novamente a caixa, deixou a terra de modo que ninguém notasse que tinha sido removida e os dois voltaram ao cemitério..

"Por certo, onde está mesmo a tua cova?", perguntou-lhe o fantasma ao chegar ali.

"Está do outro lado da igreja", respondeu o outro.

"*Entra tu primeiro*", disse o fantasma.

"Não", disse o diarista. "Tu primeiro."

Assim ficaram discutindo até o amanhecer, e o fantasma teve de entrar no seu túmulo. O diarista foi até a fazenda, encheu um tonel de água, colocou-o embaixo da casinha do embarcadouro e introduziu nele sua armadura. A seguir, recolheu o cofre e depositou-o também dentro do tonel.

O dia foi lentamente cedendo lugar à noite e todos foram deitar. O camponês dormiu diante da porta da casinha e, quando a noite ainda não tinha avançado muito, o fantasma entrou na casa, olhando em todas as direções, mas sem encontrar nada. Descarregou o seu punho na borda da casinha. Foi uma batida realmente forte. Logo em seguida, o espectro dirigiu-se para fora. O diarista seguiu-o, e a lenda conta que selou o túmulo do administrador, motivo pelo qual seu fantasma nunca mais foi visto. A razão que levou o diarista a colocar suas armas e o cofre dentro do tonel de água foi para evitar que o fantasma sentisse o cheiro de terra que havia neles.

Depois, o camponês casou-se com a viúva e viveram juntos e felizes durante muito tempo.

Assim termina a narrativa.

O criado e os habitantes do lago[3]
– ISLÂNDIA –

Era uma vez um camponês rico e acomodado, proprietário de uma fazenda espaçosa e bem organizada cuja *badstofa* estava totalmente lavrada e tinha um belo assoalho de madeira. No entanto, havia um grave inconveniente. Qualquer um que passasse a noite de Natal na casa era encontrado morto na manhã do dia seguinte. Por esse motivo, o fazendeiro tinha dificuldade para manter seus trabalhadores diaristas. De fato, ninguém queria passar lá aquela noite.

Em certa ocasião, como ocorrera tantas outras vezes, o fazendeiro contratou um pastor

---

[3] Uma outra versão do conto *Noite de Natal*, também da Islândia (N.E.).

um homem grande, vigoroso e hábil para cuidar dele. O fazendeiro contou-lhe, com toda honestidade, tudo o que dizia respeito à fazenda, incluindo o pequeno inconveniente citado. Mas o diarista disse que lhe parecia uma bobagem e que não voltaria atrás devido a tal superstição. O fazendeiro contratou o pastor e entre eles estabeleceu-se uma boa relação.

O tempo passou e chegou o Natal. O fazendeiro e todos os seus trabalhadores prepararam-se para ir à missa, com exceção do pastor, que decidiu não ir. O patrão sugeriu-lhe que mudasse sua determinação e fosse com eles. Mas o pastor respondeu que não lhe agradava deixar o gado solto e sem cuidados e que, portanto, preferia ficar. O fazendeiro disse-lhe que não se preocupasse com isso e recordou-lhe o que lhe havia contado: que nenhum ser humano que ficara na fazenda havia sido encontrado vivo no dia seguinte. Não havia necessidade de correr tão grande risco. O pastor disse-lhe para não se preocupar, pois aquilo não passava de superstição sem sentido. Vendo que não conseguia convencê-lo de nenhuma maneira, o fazendeiro foi embora com o resto dos trabalhadores, deixando o pastor sozinho.

Quando todos já haviam deixado a fazenda, o homem começou a meditar no seu plano. Pensava que talvez algum detalhe lhe houvesse escapado e decidiu preparar-se para qualquer eventualidade. Acendeu um grande número de velas ao redor da fazenda e em seguida procurou um lugar para esconder-se. Arrancou dois painéis do teto do dormitório e tornou a fixá-los no mesmo lugar, de modo a que não se notasse absolutamente nada. Colocou-se entre o telhado e o forro para observar tudo o que aconteceria na *badstofa*. Seu cachorro permanecia descansando embaixo de uma das camas.

Pouco depois, observou dois homens com aspecto pouco amigável entrarem no cômodo. Olharam ao redor e um deles farejou, dizendo: "*Cheira a humanos, cheira a humanos*". "*Não, aqui não há ninguém*", respondeu o outro.

Então pegaram luzes e começaram a procurar por todas as partes: em cima e embaixo; à direita e à esquerda e ao redor da *badstofa*; por último acharam o cachorro debaixo da cama. Agarraram-no, quebraram-lhe o pescoço sem compaixão alguma e jogaram seu cadáver fora da casa. O empregado agradeceu a Deus por estar onde estava, já que de nenhuma maneira poderia ter-se livrado daqueles dois.

Pouco depois, a *badstofa* encheu-se de gente. Dispuseram tábuas e as cobriram, preparando-as com baixelas de prata, desde os pratos até colheres e facas. Serviram os alimentos e sentaram-se para a ceia. Verdade seja dita, aquelas pessoas passavam bem, tanto em relação à comida quanto à bebida, cantando e dançando. Como proteção, puseram dois homens de guarda na porta para avisar sobre a aproximação de humanos ou sobre a chegada do amanhecer. Três vezes saíram durante a noite, confirmando que não haviam visto ninguém e que ainda não tinha amanhecido.

Quando o pastor considerou que estava prestes a amanhecer, decidiu pôr seu plano em ação. Arrancou os dois painéis que estavam meio soltos e bateu um contra o outro ruidosamente, ao mesmo tempo em que gritava com todas as forças: "O amanhecer! O amanhecer! O amanhecer!"

Os forasteiros ficaram tão estupefatos que se precipitaram em direção à porta, deixando para trás todos os seus pertences: as mesas, os talheres de prata, as finas toalhas de mesa e as roupas que tinham tirado durante o baile. Na sua precipitada fuga, alguns acabaram ferindo-se e outros morreram pisoteados sob a impressionante avalanche que se produziu. O criado perseguiu-os fora da casa e continuou batendo os painéis com força enquanto gritava como um possesso: "O amanhecer! O amanhecer!" Foi atrás deles até um lago próximo da fazenda, onde todos submergiram e desapareceram. Então o pastor percebeu que eram habitantes do lago ou espíritos das águas.

A seguir, o pastor voltou para a propriedade, tirou os mortos, matou os que ainda estavam vivos e queimou os corpos. Feito isso, limpou toda a casa, recolheu a baixela de prata com os demais objetos de valor e guardou-os. Quando chegou o patrão, mostrou-lhe tudo e contou-lhe o acontecido. O fazendeiro disse-lhe que era um homem de muita sorte porque tudo tinha corrido bem. O criado ficou com a metade dos objetos deixados pelos habitantes do lago e deu o resto ao fazendeiro. Fosse como fosse, era uma fortuna considerável.

O empregado permaneceu vários anos com seu patrão e ganhou muito dinheiro, transformando-se com o tempo em um homem respeitável. Nunca mais se repetiram os acontecimentos estranhos da noite de Natal.

A cavalgada da bruxa

– ISLÂNDIA –

Era uma vez um religioso, um homem realmente bom e firme, que acabara de se casar quando aconteceram os fatos que serão relatados a seguir. Sua esposa era jovem e bela e ele a admirava muito. Parecia-lhe ser a de maior destaque entre as mulheres daquela comarca. No entanto, um aspecto de sua conduta preocupava muito o pastor: seu hábito de desaparecer na noite de Natal sem que ninguém soubesse o motivo. Ele fez-lhe perguntas com frequência e serenidade, mas a mulher fechava-se e dizia que não queria falar sobre aquilo. E esse era o único motivo de desavenças entre ambos.

Certo dia, chegou um jovem vagabundo que passou a trabalhar na fazenda por algum tempo. Tratava-se de um indivíduo pequeno e franzino, mas a opinião geral era de que ele sabia bem mais que a maioria dos homens da região.

O tempo passou sem nenhum incidente, até que chegou o Natal. Durante a noite de Natal, o jovem estava no estábulo cuidando de um cavalo do religioso quando a senhora apareceu e começou a falar com ele sobre diversos assuntos, andando de um lado para o outro. Ela tirou uma varinha debaixo do avental e subiu sobre ele. O jovem sentiu-se tomado por uma força mágica tão poderosa que permitiu que a esposa do pastor montasse nele como num cavalo e saiu em grande velocidade, levando-a nas costas como se fosse um pássaro que a levasse entre as asas.

Passaram sobre colinas onduladas, pedras e escombros e sobre tudo o que aparecia em seu caminho. Ele tinha a impressão de estar cruzando uma grande nuvem de fumaça.

Finalmente, chegaram a uma pequena casinha. Ali, a mulher do pastor desmontou e amarrou o jovem num gancho que havia na parede. Então, foi até a porta da casa e bateu. Um homem abriu, cumprimentou-a com grande amabilidade e deixou-a entrar.

Depois que desapareceram, o jovem esforçou-se para soltar a rédea da argola e conseguiu, guardando-a no seu agasalho. Logo subiu ao telhado da casa e olhou por uma fresta para ver o que estava acontecendo no seu interior. Viu doze mulheres sentadas ao redor de uma mesa, junto do homem que abrira a porta, o qual completava o número treze. Entre as mulheres, o jovem reconheceu sua patroa. Todas elas pareciam ter grande consideração pelo homem e cada uma ia relatando por vez suas façanhas e realizações. Quando chegou a vez da esposa do religioso, ela descreveu como tinha cavalgado de lá para cá sobre um homem vivo e o mestre ficou muito impressionado, já que, conforme disse, cavalgar sobre um homem vivo era a maior mostra de poder que se poderia dar na bruxaria. Conforme admitiu, ela certamente excedia a todas as demais na arte da feitiçaria, *"pois não conheço ninguém, exceto eu mesmo, que seja capaz de fazê-lo"*, acrescentou o adulador.

As outras mulheres apinharam-se ao redor dele, desejosas de ser instruídas nessa arte. O homem abriu um livro sobre a mesa. Era de cor cinza, escrito em letras ardentes que brilhavam por todo o cômodo, inclusive onde não havia nenhuma luz. Ele começou a ensinar às mulheres, usando o livro e explicando seu conteúdo. O jovem, que continuava atento e surpreso lá no telhado, esforçou-se para memorizar tudo o que o homem dizia.

Quando a lição terminou, cada mulher pegou uma garrafinha com um fluido vermelho e o homem bebeu de todas elas, devolvendo-lhes o recipiente logo em seguida. Posteriormente e com grande reverência, pediram-lhe permissão para retirar-se e foram embora. Como pôde ver o jovem, cada uma tinha sua rédea e montaria. Uma tinha o fêmur de um cavalo, outra a queixada, outra a clavícula e assim sucessivamente. Todas elas prepararam suas montarias e foram embora cavalgando a grande velocidade.

Mas a mulher do pastor procurou sua montaria em vão. Saiu correndo e deu várias voltas ao redor da casa. Quando menos esperava, o jovem caiu do alto do telhado e montou sobre ela. Colocou-lhe os arreios e cavalgando, cavalgando, chegaram a casa.

Ele tinha aprendido tanto que era capaz de levá-la pelo caminho mais curto, no entanto, nada sabemos dessa viagem de volta ao estábulo de onde tinham partido. Então, o jovem desmontou e amarrou a esposa do clérigo numa cerca. Depois entrou na casa e contou em minúcias aos presentes o que tinha visto e o que tinha ocorrido, com todos os detalhes, deixando-os totalmente estupefatos com a história, principalmente o religioso, cuja esposa foi obrigada a confessar o que fazia.

Finalmente, admitiu que ela e outras onze esposas de religiosos tinham passado vários anos na Escola Negra. O demônio em pessoa as havia instruído nas artes más da bruxaria e só lhes restava um ano para terminar seus estudos. Para pagar seu aprendizado, seu mestre lhes tinha pedido seu sangue, que era o que o jovem tinha visto nas garrafas. Posteriormente, a mulher do pastor recebeu o castigo adequado a seus crimes.

Os magos
das Ilhas Westman[4]

– ISLÂNDIA –

Quando a Peste Negra assolava a Islândia, dezoito magos reuniram-se e formaram uma sociedade. Partiram com destino às Ilhas Westman para assim preservar-se da morte o quanto fosse possível. Quando chegaram notícias de que a epidemia tinha começado a diminuir na ilha principal, puseram-se de acordo para que um deles fosse investigar. Assim, escolheram um mago que não era o mais habilidoso nem o menos capaz nas artes da magia, senão um que se poderia considerar de nível médio. Acompanharam-no até a costa e disseram-lhe que se não voltasse para o Natal,

---

[4] Observam-se neste conto elementos comuns ao *O pequeno gênio na garrafa*, também da Islândia (N.E.).

mandariam um "enviado" para matá-lo. Isso aconteceria no início do Advento.

O homem partiu e caminhou durante muito tempo, indo daqui para lá e de lá para cá, e em nenhum lugar viu alguém com vida. As fazendas estavam abertas e os corpos jogados pelas redondezas. Finalmente chegou a uma fazenda a qual tinha a porta fechada. Foi uma grande surpresa, que reviveu nele a esperança de encontrar alguém com vida. Bateu na porta e uma linda moça foi abri-la. Tão logo a moça o cumprimentou, pulou no seu pescoço demonstrando grande alegria por finalmente ver outro ser humano, pois chegara a pensar que fosse a única sobrevivente daquela horrível peste. A jovem pediu ao mago que ficasse com ela e este aceitou. Entraram e conversaram animadamente por um longo tempo. Perguntou-lhe de onde vinha e para onde ia. Depois de responder, ele comentou que devia voltar para junto de seus companheiros antes do Natal, mas quando a moça lhe pediu que ficasse com ela todo o tempo possível, ele, enternecido, concordou. A jovem informou-lhe que não havia ninguém com vida nas redondezas. Ela tinha caminhado durante uma semana em todas as direções sem encontrar absolutamente ninguém.

O tempo passou e o Natal estava cada vez mais perto. Então o jovem quis partir. Mas a moça suplicou-lhe que ficasse, alegando que seus companheiros não podiam ser tão cruéis a ponto de castigá-lo por ficar com ela, uma pobre órfã. Finalmente, ele cedeu às suas súplicas.

A véspera de Natal chegou e o homem decidiu ir embora, dissesse o que dissesse a moça. Esta, percebendo que suas súplicas não adiantavam mais, mudou o tom de voz, dizendo: "Realmente acreditas que poderás chegar às ilhas esta noite? Não percebes que é melhor morrer comigo que por aí?" Então o homem conscientizou-se de que havia terminado o prazo e que, afinal de contas, a moça tinha razão. Era melhor esperar a morte ali, que encontrá-la sozinho e desamparado pelo caminho.

A noite passou. O mago sentia como se lhe tivessem tirado o coração, mas a moça mostrava-se muito contente e perguntou-lhe se sabia o que fariam os outros magos. Ele respondeu-lhe que àquela altura já deviam ter mandado o "enviado", que deveria chegar naquele mesmo dia. A garota sentou-se na cama com ele, enquanto o mago permanecia no outro lado, sentindo-se cada vez mais mole e sonolento, o que atribuiu à aproximação do "enviado". Pouco depois adormeceu profundamente. A moça continuou sentada na borda da cama e vigiava o comportamento de seu amado, perguntando-lhe sobre o "enviado". Mas quanto mais se aproximava o espírito, mais dormia o mago. Finalmente, o mago acordou apenas para dizer-lhe que o enviado estava dentro dos limites da fazenda; ao dizer isso, ficou totalmente inconsciente. Por mais que a moça tentasse, não conseguiu acordá-lo.

Pouco depois, ela notou que uma nuvem de cor avermelhada entrava pela casa. O vapor aproximou-se dela e tomou a forma humana. A moça, suplicante, perguntou-lhe aonde ia. O "enviado" respondeu que tinha uma missão a realizar e explicou-lhe do que se tratava de forma sucinta. A seguir, pediu-lhe que se afastasse para poder cumprir sua tarefa.

A moça disse-lhe que ele tinha que ganhar sua cooperação e o "enviado" perguntou-lhe como podia fazê-lo. "Mostrando-me em quão grande podes transformar-te", respondeu-lhe a moça. O "enviado" concordou e fez-se tão grande que encheu toda a casa. Então a garota disse-lhe: "Agora quero ver o quão pequeno podes ficar". O "enviado" afirmou que podia transformar-se em uma mosca e assim tomou tal forma, tentando passar por baixo do braço dela para alcançar o homem que dormia na cama. Acabou dirigindo-se diretamente a um buraco no osso de ovelha que a garota tinha nas mãos e que ela, imediatamente, encarregou-se de tampar. Depois, colocou o osso com o "enviado" dentro de um bolso e acordou seu companheiro.

O homem acordou e não podia acreditar nos seus olhos. A garota perguntou-lhe se ele sabia onde tinha ido parar o "enviado". Ele respondeu que não tinha a menor ideia. Isso fez a moça perceber que os magos das ilhas já não eram tão bons em suas artes como costumavam ser na antiguidade. O homem sentia-se muito contente e decidiram passar juntos o Natal.

No entanto, à medida que se aproximava o Ano Novo, o homem começou de novo a ficar abatido. A garota perguntou-lhe o motivo e este respondeu que os magos estavam preparando outro "enviado" e reunindo todas as suas forças para fazer um realmente poderoso. "Chegará aqui no dia de Ano Novo e não terei nenhuma possibilidade de fugir."

A moça disse-lhe que não tinha por que se preocupar e continuou mostrando um ar realmente jovial e despreocupado.

No dia de Ano Novo, o homem disse que o "enviado" já tinha chegado à ilha e que se movia a grande velocidade, já que era extremamente poderoso.

A moça pediu-lhe que saísse com ela da casa. Passearam e passearam até que chegaram a um matagal. A garota deteve-se, então. Removeu algumas sarças e descobriu um lousa de pedra. Levantou-a e em baixo dela achava-se a entrada de uma câmara subterrânea.

Ambos desceram ao seu interior, que era aterrador e escuro. Havia um lampião de azeite sobre uma bancada. Era feito com um crânio humano e queimava a gordura das tripas de um homem. Junto à efêmera luz, um velho avaro aguardava sentado. Seus olhos estavam vermelhos de sangue e seu rosto era tão aterrador que surpreendeu o rapaz.

"*Algo deve estar mal, minha querida menina, para que tenhas vindo aqui*", disse o velho. "*Faz muito tempo que não te vejo. Que posso fazer por ti?*"

A moça narrou-lhe toda a história e a chegada do primeiro "enviado". O velho pediu-lhe que lhe mostrasse o fêmur onde tinha confinado o malvado espírito e a garota o atendeu. Ao pegar o osso em suas mãos, o velho pareceu transformar-se em outro homem. Olhou-o de um lado e do outro, analisando-o por todos os ângulos possíveis, e acariciou-o com suas mãos.

A moça suplicou-lhe: "Ajuda-me já, pai adotivo, e rápido, porque este homem começou a sentir-se sonolento e isso quer dizer que o 'enviado' está para chegar".

Neste instante, o velho destampou o buraco do osso e a mosca saiu voando. O ancião pegou a mosca, acariciou-a e lhe disse: "*Agora, procura por todos os 'enviados' que venham às ilhas e devora--os*".

Assim que acabou de dizer tais palavras, um terrível rugido fez tremer a estância. A mosca, zumbindo, cresceu e cresceu e fez-se tão enorme que uma de suas mandíbulas raspava o céu enquanto a outra arrastava-se pelo chão. Partiu voando pesadamente, destruindo todos os enviados das ilhas. Assim, o homem foi finalmente salvo.

Posteriormente o casal voltou à fazenda da moça, onde se estabeleceu em definitivo. Casaram-se, multiplicaram-se e encheram de filhos toda a Terra.

Os encantamentos em Stokkseyri

– ISLÂNDIA –

Numa noite pelos fins de março, na época da pesca de inverno, vários homens preparavam-se para dormir num refúgio de pescadores. Eram dez na cabana. Todos eles homens fortes, saudáveis e na flor da idade. O capitão do barco era Sigurd Henriksson, de Ranakot, bom falante e divertido companheiro, que tinha o hábito de permanecer até tarde na cabana batendo papo com sua tripulação sempre que os barcos não podiam sair devido ao mau tempo. Foi exatamente o que aconteceu naquela noite, quando ali ficou até duas horas antes da meia-noite.

Era uma noite terrível, o céu encoberto, escuro e ameaçador, com chuva e vento procedentes do mar. A porta da cabana, de frente para o mar, foi aberta repentinamente pelo vento forte e fechada pelos homens assim que o capitão foi embora. Havia dois estrados perto da porta onde os homens colocavam seus pertences e outros três colchões na parede oposta, no lado norte. Os homens dormiam dois em cada cama.

Decidiram deitar-se e todos adormeceram, exceto dois: Eyjolf Olafsson, que foi o relator desta história, e outro. Ambos permaneceram acordados por muito tempo, conversando. De repente, perceberam que um dos companheiros sonhava agitadamente e produzia estranhos ruídos. Parecia que Skerflod-Mori estava causando-lhe sérios problemas. Tratava-se de um fantasma da comarca que perseguia os membros de uma família e, como norma, manifestava-se antes de que alguma pessoa dessa família chegasse. O fantasma perturbava perversamente os homens em seus sonhos. Quando acordaram o companheiro e perguntaram-lhe o que havia sonhado, respondeu que absolutamente nada, apenas tinha experimentado a mais desagradável das sensações. Enquanto falava, outro dos que ainda dormiam começou a comportar-se da mesma maneira, queixando-se de forma patética. Os homens acordados não se preocuparam. Acenderam lamparinas, olharam ao redor e começaram a falar sobre o assunto.

Eyjolf Olafsson permanecia deitado na cama no meio dos três, no lado norte da cabana e olhava para o pescador da cama da frente, junto à porta.

Tinha uma caixa de rapé na mão e a cheirava um pouco. De repente, Eyjolf viu seu rosto mudar de cor e suas mãos caírem. Seu rosto foi ficando azulado e inchou, dando a impressão de encolher, enquanto dava um grito assustador que se transformou em um lamentável soluço.

A conversa entre eles interrompeu-se repentinamente. Eyjolf pulou da cama e correu até o homem para ajudá-lo. Pouco depois, ele recuperou-se e contou que estava a ponto de aspirar um pouco de rapé, quando sentiu um peso terrível que lhe caía em cima. Fosse o que fosse, tinha usado toda sua força contra ele, motivo pelo qual não podia mover-se nem gritar por ajuda, com exceção do exíguo som que tinha emitido, após o que, e pelo enorme esforço, perdeu os sentidos.

Os outros homens concluíram que aquela situação já tinha ido longe demais e que existiam poucas esperanças de que eles pudessem descansar ou dormir tranquilamente o resto da noite. Assim, resolveram levantar-se. Vestiram-se e começaram a jogar cartas, pensando que desta forma se manteriam acordados. Mas, à medida que o tempo passava, alguns começaram a ficar sonolentos e deitaram-se. Logo que chegava o primeiro sonho, o mesmo horror caía sobre eles e não puderam descansar em paz. Essa situação continuou até o amanhecer.

Os homens combinaram não contar nada

sobre o ocorrido e esperar até a noite seguinte para ver o que acontecia. Conta-se que começaram a ler os Hinos da Paixão, mas foi em vão, já que, nesse momento, uma mosca preta pousou exatamente sobre o verso que se estava lendo. Isso os assustou tanto que fecharam imediatamente o livro, terminando assim sua leitura.

No dia seguinte, tiveram a ideia de pegar emprestado o sino de Stokkseyri e tê-lo junto deles na cabana para ver se o espírito se sentia atemorizado e não entrava. Colocaram o sino na cabana e durante a noite nada aconteceu. Dessa forma, sentiram-se mais relaxados e pensaram que todos os problemas tinham terminado, por isso devolveram o sino. Mas, na verdade, fizeram isso cedo demais, pois na noite seguinte não conseguiram dormir nem um instante, devido aos diabólicos incômodos noturnos que continuaram durante cinco noites consecutivas. Finalmente, não aguentando mais, foram refugiar-se na fazenda de seu capitão. Lá não foram incomodados, mas ocorreram encantamentos em outras cabanas de pescadores nas proximidades, durante cinco ou seis semanas sem interrupção.

Os pescadores não entravam em acordo sobre a descrição do fantasma, o que não surpreende, já que pode tomar diferentes formas, como costuma acontecer em tais aparições.

Eyjolf Olafsson declarou que alguns de seus

companheiros da cabana viram-no como uma nuvenzinha vaporosa de cor azulada que se movia por todas as partes e que às vezes reluzia. Outros, no entanto, estavam atemorizados devido a um vento repentino que cortava e causava calafrios. Houve quem o definisse como uma nuvem azulada de um metro de altura, enquanto que para outros era uma massa do tamanho de um cachorro pequeno e, ainda mais terrível, como foi visto frequentemente na janela da cabana, parecia uma massa disforme com tentáculos, que, além de tudo, aderia ao vidro como se quisesse entrar.

Obviamente houve muitas e variadas especulações sobre esses encantamentos e sobre o que pôde causá-los. Alguns pensaram que se tratava de um monstro que tinha saído do mar. Outros sustentavam que era uma fantasma que tinha sido incomodado ao removerem-se algumas pedras numa colina próxima da cabana dos pescadores. De qualquer forma, o problema principal era como se desfazer do fantasma, pois passara até a rondar as fazendas depois que as cabanas de pescadores foram abandonadas. Mas como fazê-lo?

O sino da igreja de Stokkseyri tinha mostrado ser uma proteção segura, mas não para os infelizes camponeses de outros lugares mais longínquos para onde se havia dirigido o espectro. As cabanas foram totalmente revistadas e não se encontrou nada, nem diminuiu a quantidade de encantatamentos.

Após algum tempo, muitas pessoas já tinham perdido as esperanças de poder eliminar os feitiços. Mas, durante a primavera, Eyjolf Magnusson voltou de uma visita a Eyrarbakki. Ele sempre tinha sido considerado um homem capaz de usar as palavras com poder mágico e que, além disso, podia enxergar mais que os outros. Assim sendo, prometeram-lhe dinheiro em troca da eliminação dos encantamentos. No início ele não ligou muito para essa proposta, mas após a insistência de muita gente, finalmente concordou em fazer uma tentativa.

Conta-se que Eyjolf pronunciou alguns poderosos versos contra o fantasma e enviou-o ao norte, a Drangey – uma ilha perdida e minúscula no norte da Islândia – durante nove anos. Um daqueles cantos mágicos é o seguinte:

"Te conjuro a ti, para alegria de homens
e crianças
Diabo em um jaquetão.
Ao norte te envio agora durante nove anos,
Drangey é uma ilha para te esconder."

Eyjolf não lhes garantiu um período mais longo. Portanto as pessoas de Stokkseyri deveriam estar preparadas para as visitas espectrais nove anos depois.

Pai de dezoito
no país dos elfos

– ISLÂNDIA –

Aconteceu durante o verão numa fazenda onde todos trabalhavam no campo, menos a dona da casa, que ficava no lar, realizando seus afazeres diários. Com ela permanecia seu filho de três anos, um garoto razoavelmente desenvolvido que falava muito bem, era inteligente e parecia ter um brilhante futuro.

Como a mulher tinha muitas obrigações domésticas e o menino já era grandinho, decidiu deixá-lo sozinho por uns instantes enquanto ia até um riacho próximo para lavar as panelas nas quais guardava o leite. Deixou o garoto perto da porta. Mas quando voltou, pouco depois, e falou com o menino, este chorou, reclamou e gritou de modo patético, de uma forma que ela jamais havia escutado. Até então, a criança tinha-se mostrado muito obediente e carinhosa, mas, depois disso, tudo o que vinha dele eram gritos horríveis e uivos insuportáveis aos ouvidos de sua mãe.

Essa situação continuou por certo tempo. O menino não dizia nada e parecia tão irritado e mal-humorado que sua mãe não sabia o que fazer diante dessa repentina mudança de comportamento. E, para piorar a situação, parou de crescer e passou a comportar-se como um atrasado mental.

Isso deixava a mãe mortificada. No seu desespero por não poder fazer nada, procurou a ajuda de uma mulher que vivia na comarca e era muito respeitada por sua prudência e inteligência, a quem relatou a enorme desgraça que tinha caído sobre ela. A senhora perguntou-lhe desde quando o menino vinha apresentando a mudança de comportamento, pedindo-lhe que fosse o mais precisa possível. A mãe contou-lhe a história minuciosamente, sem esquecer um mínimo detalhe.

Após ouvir as circunstâncias que envolviam o caso, a mulher sábia disse-lhe: "Não te ocorreu que teu garoto tenha sido substituído? Na minha opinião ele foi trocado enquanto o deixaste na porta".

"Não sei", disse a mãe. "Podes dizer-me como descobrir?"

"Creio que sim", disse a senhora. "Deixa o menino sem atendimento durante um dia e garanto que dirá ou fará alguma coisa totalmente diferente se não vir ninguém perto dele. Mas terás que te esforçar para compreender o que estará dizendo, e se te parecer que o idioma do garoto é estranho e suspeito, bate nele sem compaixão até que aconteça alguma coisa."

Assim terminou a conversa. A mulher agradeceu o conselho e foi para casa.

Ao chegar, preparou uma armadilha para o provável substituto. Colocou um bote no meio da cozinha e um pedaço de pau muito comprido amarrado com uma corda numa extremidade ao bote e na outra à chaminé. A mulher levou o garoto até a cozinha e o deixou sozinho. Do lado de fora podia ver tudo o que acontecia através de um buraco que havia entre o batente e a porta.

Do seu esconderijo, viu o menino se aproximar do bote e examiná-lo com curiosidade. Depois, logo após olhar ao redor para comprovar que não havia ninguém, disse: *"Sou tão velho como indicam minhas costeletas e, além disso, pai de dezoito no país dos elfos, mas nunca em minha vida vi um remo tão comprido num bote tão pequeno"*.

Ao ouvir tais palavras, a mulher voltou correndo à cozinha e com uma vara de álamo fustigou o impostor com força e sem compaixão, enquanto ele gritava, berrava e uivava. Nisso, surpreendeu-a a presença de uma estranha mulher parada na porta com uma linda criança nos braços à qual beijava e abraçava. A estranha disse: *"Que diferença de comportamento é o nosso! Enquanto eu cuido do teu menino tu bates sem piedade no meu marido"*. E enquanto falava, deixou o menino no chão, o qual realmente era o filho da mulher, e abraçou o marido. Ambos sumiram no ar.

A partir daquele dia, o pequenino comportou-se normalmente e cresceu sem problemas. Com o passar dos anos, transformou-se num homem de bem.

O tritão* sábio

– ISLÂNDIA –

Em Sudurnes, existe uma pequena e remota fazenda de nome Vogar. Porém, seu verdadeiro nome é "Vogar das Vacas", e já era mencionada no códice medieval "O Livro dos Assentamentos", no qual é relatada a rude história dos primeiros colonizadores da Islândia. Nos velhos tempos, havia um camponês que vivia ali e tinha na pesca um excelente modo de vida. Ainda hoje é possível realizar uma boa pescaria nas proximidades de Sudurnes. Numa manhã, esse homem saiu em sua barca como de costume, e não haveria nada de especial para comentar sobre os peixes que pes-

---

* Divindade marítima na mitologia escandinava.

cou se não fosse por um fato estranho. Conforme se conta, durante a pescaria, sentiu um forte estirão e quando puxou a rede, observou estupefato que algo com aspecto humano movia-se entre os peixes. Então percebeu que se tratava de um homem e que estava vivo. Quando lhe perguntou quem era e o que fazia ali, o homem respondeu que era um tritão que vivia no fundo do mar. O camponês quis saber exatamente o que ele fazia quando ficou preso na rede.

O tritão respondeu: *"Estava ocupado ajustando a parte de cima da chaminé da cozinha de minha mãe. Agora, devolve-me à água"*.

O fazendeiro disse que de nenhum modo faria tal coisa. "Terás de ficar comigo".

Não disseram mais nada, pois o tritão recusou-se a continuar conversando. Quando o fazendeiro considerou que havia pescado o suficiente, remou de volta à margem, levando o tritão consigo. Assim que o bote ancorou, o cachorro do camponês aproximou-se latindo e alegremente pulou em direção ao dono, mas o homem aborreceu-se muito e bateu no animal. Nesse momento, o tritão riu pela primeira vez. Depois, atravessando suas terras com passos longos, tropeçou numa moita e lançou uma maldição. Nesse momento, o tritão riu pela segunda vez. O camponês finalmente chegou a sua casa. A esposa correu a recebê-lo carinhosamente, o que alegrou o fazendeiro. Nesse instante, o tritão riu pela terceira vez.

O homem já não pôde conter-se e disse-lhe intrigado: "Tu riste três vezes e eu quero saber de quê". *"Não vou dizer de forma alguma"*, respondeu o tritão, *"a menos que jures que me levarás de volta ao mesmo lugar onde me capturaste"*.

O camponês prometeu-lhe que o faria e o tritão disse: *"A primeira vez que eu ri foi quando bateste em teu cachorro, o qual confia plenamente em ti e te adora. Ri pela segunda vez quando tropeçaste na moita e a amaldiçoaste porque debaixo dela há um enorme tesouro que contém muito ouro. Finalmente, ri pela terceira vez quando te mostraste feliz diante dos carinhos de tua esposa porque ela te está enganando e é uma pessoa infiel. Agora cumpre tua palavra e leva-me de volta ao lugar onde me capturaste"*.

O fazendeiro lhe respondeu: "Duas das coisas que me contaste não tenho como comprovar, que são a devoção do meu cachorro e a fidelidade de minha esposa. Não posso comprovar se estás dizendo a verdade, porém posso dissipar as dúvidas sobre o que dizes a respeito do tesouro, que, conforme dizes, está enterrado sob a moita. Se for verdade, indicará que as outras afirmações também o são e então poderás estar tranquilo que cumprirei minha promessa".

O fazendeiro começou a cavar e encontrou um tesouro em moedas de ouro, exatamente como o tritão havia dito. Assim que recolheu o tesouro, partiram os dois mar adentro e o tritão foi libertado no mesmo lugar onde havia sido capturado. Nesse instante, o tritão disse: *"Fizeste bem em trazer-me de volta para junto de minha mãe, fazendeiro, por isso vou recompensar-te, se é que tens inteligência suficiente para aproveitar o que te proporcionarei. Adeus e boa sorte!"* E desapareceu sob as águas para sempre.

Não havia passado muito tempo quando o agricultor recebeu o aviso de que sete vacas de um cinza do tom do mar tinham chegado às suas terras junto à praia. O homem foi correndo naquela direção. Viu-as trotando como loucas, parecendo muito nervosas. Ao aproximar-se delas, percebeu que tinham uma bolha no focinho, e nesse momento compreendeu que poderia perder todas as vacas se não conseguisse estourar essas pústulas, que certamente causavam fortes dores aos pobres animais. Pegou um pau e bateu no focinho de uma das vacas; em pouco tempo esta se tranquilizou e ele pôde assim capturá-la. Porém perdeu as outras, que, loucas de dor, corriam sem rumo e no fim mergulharam no mar. O homem teve certeza de que aquelas vacas tinham sido enviadas pelo tritão em agradecimento por sua liberdade.

A vaca que lhe sobrara estava prenha e, sem dúvida, foi a mais valiosa posse que jamais havia chegada à Islândia; uma raça completa de vacas descendentes dela atualmente está disseminada por todo o país. Todas de cor cinza, por isso chamam-se "Vacas de Raça Marinha". Com relação ao fazendeiro, foi um homem próspero o resto de seus dias. Além disso, aumentou o nome de sua fazenda, que, até então denominada "Vogar", passou a chamar-se "Vogar das Vacas", em homenagem às vacas que apareceram em suas terras.

A viúva de Alftaness

– ISLÂNDIA –

Era uma vez um homem chamado Thorkel, do condado de Hunavatn, ao norte da Islândia. Tratava-se de uma pessoa agradável, que com a idade de 20 anos viajara ao sul com a intenção de trabalhar em um barco de pesca. Passou certo tempo em Alftaness e trabalhou para os dinamarqueses durante o verão, nos quais deixou excelente impressão, pois fizera tudo quanto lhe tinham ordenado. Thorkel economizou dinheiro e começou a sair com uma jovem viúva cuja casa era ali perto. A moça era saudável, atraente, mas tinha reputação de ser uma mulher voluntariosa e de temperamento déspota. Mas muitos acharam que a união poderia ser boa para ambos.

Nessa época, no entanto, Thorkel estabeleceu ótimas relações com o governador dinamarquês, a cujo serviço se colocou como leal agente em tarefas diplomáticas e bons negócios que tinha com os bispos e líderes políticos islandeses. O governador queria pagar-lhe por seus excelentes serviços e ofereceu-lhe sua própria servente em casamento. Também confiscou a herança monástica de Thingeyrar para favorecê-lo. Thorkel viajou para o norte durante a primavera a fim de ocupar-se das terras do monastério e casar-se na primavera seguinte. Esses planos foram guardados em segredo.

Quando Thorkel preparava-se para ir embora, a viúva começou a suspeitar que ele tramava algo e perguntou-lhe se havia assumido compromisso com outra mulher. A resposta de Thorkel foi evasiva.

"Te digo, Thorkel", disse-lhe a viúva, "que em breve saberei a verdade e se me estiveres enganando, levarei a morte à vadia da dinamarquesa, essa que tu preferes, e depois te matarei. Não viverás o suficiente para desfrutar do favor que compraste ao vender tua honra."

Thorkel viajou ao norte e tomou posse das terras do monastério de Thingeyrar.

Naquele verão, a viúva foi a Bessastadir e encontrou-se com a moça dinamarquesa. Perguntou-lhe quem lhe havia dado o anel de ouro que usava no dedo. Ela respondeu-lhe que fora Thorkel e, ingenuamente, continuou a falar de seus assuntos, como costumam fazer os dinamarqueses. Disse que o governador não falava de outra coisa a não ser em casá-la com seu empregado islandês.

"Não temas", disse a viúva. Depois foi embora de muito mau humor e certamente magoada.

Poucos dias depois, a viúva morreu e, o que é mais surpreendente, na primeira noite após o enterro, seu corpo desapareceu.

Na noite seguinte, a moça dinamarquesa de Bessastadir começou a sentir-se tão atormentada que não podia viver em paz. Três dias depois, morreu em meio a uma terrível agonia.

Isso ocorreu antes da época de preparar o feno, quando as noites começavam a decrescer. No mesmo outono, um diarista que vivia ao sul de Alftaness chegou à comarca procedente do norte, de onde tinha vindo sozinho. Era um homem de idade avançada, com reputação de profetizar o futuro e saber sobre muitas coisas, o que lhe valia para cuidar muito bem de si mesmo.

O homem cavalgava por Skutaeyrar ao anoitecer, levando também outro cavalo, quando viu uma mulher que se dirigia a ele e compreendeu que era a viúva. Parecia ter muita pressa. Logo suspeitou que algo acontecia e apartou os cavalos do caminho. Mas no momento em que ela passava, perguntou-lhe: "Aonde vais?"

"*A Thingeyrar*", respondeu o espectro. "*Não fica*

tão longe que não possa estar ali na hora de ir dormir com Thorkel, pois os chefes deitam-se tarde e tu és sábio por não atrasar minha caminhada, pois isso não teria sido benéfico para nenhum dos dois."

Nessa mesma noite, quando Thorkel foi deitar-se na cama, sentiu como se alguém o agarrasse. Depois de um forte sacolejo, sofreu tantos tormentos que seus ossos rangiam em todo o corpo, e os homens da fazenda acreditaram ouvi-lo suplicar por clemência.

E assim continuou o suplício até o Natal, quando morreu.

Portanto, Thorkel não viveu o suficiente para desfrutar das terras do monastério e foi o primeiro ditador de Thingeyrar, que desde então foi sempre propriedade de um só chefe.